LOCUS

L O C U S

LOCUS

LOCUS

catch

catch your eyes ; catch your heart ; catch your mind……

catch 306

帶外婆公主去倫敦！祖母姫、ロンドンへ行く！

作　　者　湛野道流
譯　　者　劉　淳
責任編輯　陳秀娟
美術設計　許慈力
封面插畫　rabbit44
內文校對　黃怡瑗
內文排版　新鑫電腦排版工作室
印務統籌　大製造股份有限公司

出 版 者　大塊文化出版股份有限公司
105022台北市松山區南京東路四段25號11樓
www.locuspublishing.com
locus@locuspublishing.com
服務專線　0800-006-689
電　　話　02-87123898
傳　　真　02-87123897
郵政劃撥帳號　18955675
戶　　名　大塊文化出版股份有限公司
法律顧問　董安丹律師、顧慕堯律師
版權所有 侵權必究

總 經 銷　大和書報圖書股份有限公司
新北市新莊區五工五路2號
電　　話　02-89902588
傳　　真　02-22901658

初版一刷　2024年7月
初版二刷　2024年8月
定　　價　420元
ISBN　978-626-7483-19-0

帶外婆公主去倫敦！

祖母姫、ロンドンへ行く！

Princess Grandma goes to London

椹野道流　著

劉淳——譯

目錄

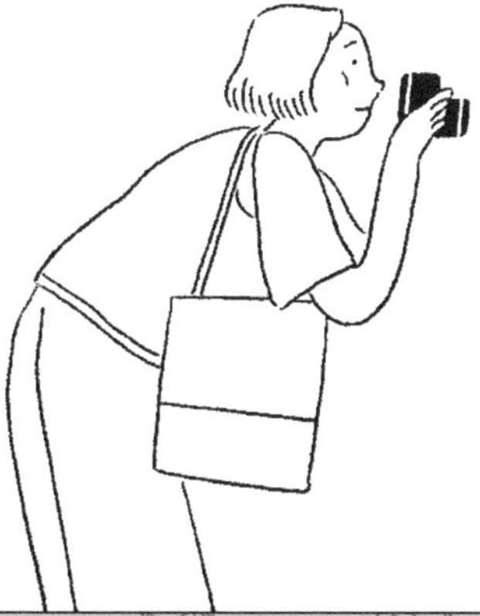

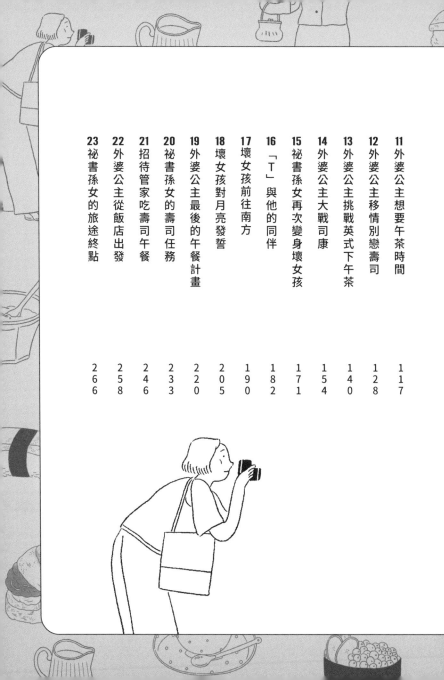

1 外婆變成外婆公主

Princess Grandma goes to London

這是許久以前的事。

我曾經和年過八十的外婆兩個人一起去倫敦旅行。

事情的開端，是過年親戚們在外婆家聚會時，長輩們一直要我說說在英國留學時的回憶。

雖然是一年一度的聚會，但每個人都已經說完自己的近況，親戚們沒有共通話題，大家都無聊得很。

大家問什麼我就說什麼，聊著聊著，外婆突然說了一句：「這輩子只要一次就好，我想去英國，想來一趟公主般的旅行。」

我記得，舅舅們聽到這句話之後說，旅費由他們支出，希望我能帶外婆去英國玩一趟。

高齡長者總有些不好相處的地方，外婆也是典型的「自尊心強，又麻煩的老年人」，而且當時她已經罹患失智症，母親和阿姨都知道外婆很難應付，因此極力反對。

她們反對的理由是，萬一外婆在國外身體不適就麻煩了。但現在回想起來，母親與阿姨一定是擔心我必須一個人照顧外婆，怕我會吃不消。

但當時的我年輕氣盛，天不怕地不怕，又有點貪小便宜的心態，想到可以用別人的錢去英國玩，一口就答應了。

外婆高興得不得了，大聲宣布：「我要去英國玩了！」

從那天開始，外婆的「倫敦公主旅遊計畫」正式啟動。

即使不說出口，親戚們也都知道：外婆年事已高，而且還有好幾種慢性病，這很可能是她人生最後一趟的國外旅行。

既然如此，她的孩子們當然會盡可能讓這趟旅行奢侈一些。

「公主般的旅行」，不是很棒嗎？讓我來實現它。

我想舅舅們一定是這麼想的。

我們把外婆所有的願望放進行程表，花了許多時間規劃出七天五夜的旅遊計畫，內容十分驚人。

搭乘日本本地航空公司的頭等艙。

住宿位於倫敦市中心的五星級飯店。

安排了許多外婆會喜歡的活動。

外婆還吩咐我，要帶她去一流的百貨公司購物、享用最棒的晚餐，看很多能向朋友們炫耀的好東西。

天啊，這真是難倒我了！

雖然我曾經住過英國，但從來沒有這種上流階層的生活經驗。

當年留學時，我有好一陣子無法在英國的銀行開戶，每天都在催眠自己「鹽跟胡椒也能當三明治的餡料」，長輩們對我的期待也太不切實際了吧！

到了此刻，我才發現自己接下極為艱鉅的任務，但這時後悔已來不及了。

我在工作的空檔臨陣磨槍、匆忙準備，不知不覺間就到了秋天，我和外婆即將動身前往英國。

除了開車送我們到機場的爸媽，住在各地的舅舅阿姨們也都前來送行。

說得也是，萬一飛機掉下來，我跟舅舅阿姨還有母親就是生離死別了。

我一面想著這種不吉利的事，一面再次確認外婆的行李。首先，我們得去航空公司的櫃檯報到。

我把大行李箱託運後恢復了一身輕，外婆對免稅商店頗有興趣，我便陪著她走走看看。

「唉呀，是化妝品，還有香水。真不錯。」

外婆立刻進入購物模式。

「外婆，我們回來再買吧。去程就買東西，行李會愈來愈多的。」

但老年人就是「不聽忠告」。我的勸阻像一根煮過頭的麵線般柔軟無力。

外婆就是不聽勸，堅持要買香水。我結完帳才一回過頭，就看到她一臉不悅地抱怨：「我等到都累了，我想上廁所。」

真是抱歉，公主殿下，但我買的是妳要的香水啊！

我在心裡用力吐槽，但內急是大事，我得趕緊帶她去廁所。

可是，如果帶外婆去通道上的廁所，也許她又會走進其他商店。

怎麼辦？對了，今天可以用「那裡」！

我有些膽怯，但還是努力鼓起勇氣，帶著外婆前往頭等艙專用的貴賓室。

不愧是貴客專用，這間貴賓室十分典雅，洋溢著高貴的氣息。

我向外婆說明這裡是「非常特別的地方」，她聽了心情一下子就好了起來。

在地勤人員體貼的幫助下，外婆得以在休息室躺下小睡一番，悠哉悠哉地休息到登機前。這真的幫了我很大的忙。

我則是啜飲著地勤端給我的柳橙汁，心想：「原來外婆光是這樣就會累，這趟倫敦行我從頭到尾都必須找到隨時可以休息、最好還能躺一下的地方。」

還沒出發，我就開始感到膽顫心驚。

然而，英國人（其實不只英國人，歐洲人大部分都是如此）的生活習慣，就是會走很多路。

我在英國留學時，住在英格蘭東南方的布萊頓。當時，朋友約我「出門散步一下」，結果來回走了足足四小時，也是常有的事。

我平常不愛出門，但只要來到這個國家，不知為何就會常常走路，靠著雙腿哪裡都能去。

但這次真的不可以。絕對不行。

而且，英國人只要覺得累，就隨便在階梯上坐下來小憩。這一點我外婆，也就是公主殿下，是絕對不會接受的。

最少最少，也必須讓她坐公園的長椅。

想到這裡我才發現，跟朋友到英國旅行時，我總想著：「一分鐘都不要浪費，我要去各種地方，欣賞各式各樣的好東西，多吃美食，好好享受！」但這次可不能這樣。

我的主要任務是「設法維持外婆的健康」。

以前也有人說過這樣的一句話：「在回到家的前一刻都算遠足。」

我腦袋裡事前規劃好的充實觀光行程，像砂雕城堡，瞬間崩塌下來，被風吹得連一點影子都不剩。

我都還沒搭上飛機呢，這座城堡也塌得太快了吧！不，我需要積極的「尋找有利點」。

還好，我在出發地就察覺了這件事，現在開始還來得及，我可以重新制定旅遊計畫。

我嚴格挑選並減少景點、盡量搭乘計程車（搭巴士或地鐵可能會因為搖晃而摔倒，這可不是小事）、在同一個地點待的時間不要太長，甚至安排了讓外婆回飯店午睡的時間。

對了，廁所也很重要。

我必須知道安全又乾淨的廁所在哪裡，而且不用爬樓梯等等會為腿腳帶來負擔的路線。

也許做一張對銀髮族超級友善的觀光地圖，會很有商業價值也說不定。因為帶老人出遊真的很累人。

先別管這些了，飛往倫敦的十二小時航程就在眼前，我得好好的準備，讓外婆平安無事的抵達目的地。

「您們要怎麼前往登機門呢？需不需要準備輪椅……」

地勤親切地詢問，我有點慌張，急忙回答她：「拜託您了！」

2 外婆公主一到希斯洛機場就發怒

Princess Grandma goes to London

太厲害了！

客機的頭等艙座席，是讓作家也只說得出簡單詞彙的神奇空間。

這可是幾十年前的事。

當時的頭等艙並非現在這種可以完全躺下來的華麗包廂。

彼時只是一個大又舒服、而且平坦的座椅。即使如此，它還是非常奢侈。

更驚人的是機上餐點。

我很喜歡經濟艙的餐點，它們往往會用長方形托盤排著許多方形的盤子、口感乾硬的麵包、器皿的邊緣塗著半乾的醬汁。另一個盤子裝著米飯，還有用醬汁煮得軟綿綿的主菜，加上捲得很漂亮但又乾又硬的茶蕎麥麵、小巧可愛但有點太甜的四方形蛋糕、密封的少量飲用水……但是說到頭等艙的機上餐，就只有一句話可以形容：一流餐廳的宴席。

首先，餐桌大得驚人。

而且，用餐前空服員還會先鋪上純白的桌巾，放上一朵鮮紅的玫瑰花……

（這是當時的狀況，我無從得知現在的頭等艙是什麼樣子。）

咦，這是貴族舉辦的派對嗎？

餐具是塗了金漆的瓷器，酒杯是薄透的玻璃高腳杯，刀叉也頗有重量，質感極佳。

料理也是一道一道分開送上來，就像餐廳的高級套餐。空服員說：「我們準備了日式和西式兩種，也建議您兩種都品嚐。」實在太豪氣了！

醬汁是放在獨立的容器裡加熱過才淋上去，完全沒有乾掉！

麵包也是溫熱又柔軟。

原來不僅半乾的醬汁可以改善，連麵包都有辦法不乾不硬！

我腦中閃過了這個想法，但也許當時的機上設備，很難把所有乘客的麵包都弄得鬆鬆軟軟的吧。

我吃得很快，公主外婆則是慢條斯理到讓我精神恍惚。她悠哉悠哉地享用完整套的法式大餐，吃膩了就把剩下的食物塞過來賞賜給我（我剛剛也吃一樣的餐點）。空服員巧妙地引導她去廁所，再替她準備枕頭和毛毯、把椅背放下。外婆就這樣舒舒服服、心滿意足地睡著了。

原來如此，我必須提供的就是這種等級的服務。

不，這對現在的我來說太勉強了吧？

我要是不趕快改進，外婆可能會在旅程中因為我的疏忽而被我活活氣死。

我感到一陣焦慮。

或許是因為外婆睡著了，空服員覺得我會無聊，便親切地詢問我：「您有沒有需要什麼？要不要看部電影？」

我心想絕不能錯過這個大好機會，於是鼓起勇氣問：「如果妳有時間，可不可以教我怎麼服務別人？」

我告訴她：接下來，我就得在倫敦一個人照顧外婆了，我很緊張，也很擔心。

空服員笑著回答：「在抵達倫敦之前，照顧兩位就是我的工作，我很樂意為您服務。」她的笑容和回應就像服務精神的象徵。接下來的幾個小時，為了不吵醒外婆，她利用其他空著的座位，毫無保留地教導我專業的服務技術。

這些技術，包括：高齡的乘客有哪些需要注意的地方、該在什麼時候開口協助、具體該做的照護工作，還有緩解緊張與壓力的說話方式。

空服員教完我各種技巧之後，她看著我的眼睛，以沉穩的聲音說：

「重要的不是察覺您的外婆做不到哪些事，而是掌握她自己能夠做到哪些事。有些事也許她可以自己做到，只是比較花時間，若是您太早就認定她做不到而插手，或是一件一件去數落她做不到的事，結果只會傷了她的自尊心。」

這幾句話對我來說是極為寶貴的金玉良言，我在內心將它裱框掛於牆上，不僅是這次旅行期間，後來我以醫師身分和長輩接觸，還有現在我與自己老年的父母相處時，都將這段話銘記在心。

「您學這麼多，一定也累了吧。」空服員送冰淇淋來給我。對我而言，這是人生頭一遭，應該也是最後一次在頭等艙上課。這是一段既充實、又有趣，非常舒適的體驗。

直到現在，我依然對那位空服員懷抱深深的謝意。感謝這家航空公司僱用了她，僅僅因為這一點，我這一生都會對他們報予愛與敬意。

她永遠都是我尊敬的人生導師之一。

外婆幾乎在熟睡中度過了整整十二小時（只有用餐時不知為何剛好醒來，胃口還很好），抵達倫敦時，她精神飽滿，神清氣爽。

我鬆了一口氣，向親切的空服員誠懇地道謝，安心地下了飛機。沒過多久，就遇到了下一個考驗。

沒錯，就是「入境審查」。

即使我跟外婆可以一起排隊，真正要進隔間時，卻只能按照隔間空出來的順序一個一個進去。

結果，海關人員指引我和外婆分別進入兩個距離很遠的隔間。

我想早點結束入境程序，到附近去等外婆，但我愈是焦躁，移民官就愈覺得我著急的模樣，看起來分明是可疑的亞洲人。

而且，我的護照上還蓋滿英國和愛爾蘭的出入境章，其中甚至有長期居留的記錄，以客觀的眼光來看，實在非常可疑。

果然，移民官問了我一大串充滿警戒的問題：

「這次來做什麼？」

「以前長期居留時做了什麼？」

「這次要在哪裡待幾天？」

「有帶現金來嗎？」

「有買回程機票嗎？」

最後，移民官竟然還說出：「觀光？妳以前觀光的次數還不夠嗎？」我也愈來愈慌張失措。

我很擔心一回頭就看到幾乎完全不懂英文的外婆，用惡鬼般的表情沉默地瞪著移民官。

啊啊啊，怎麼辦？

我慌得不得了，移民官心中的懷疑也愈來愈強烈。

他表情嚴肅地說：「妳到另一個房間去……」這時，我再也忍不住了，坦白告訴移民官：「我外婆在那裡，她不會說英文，聽不懂別人說什麼，她現在很困擾。」他聽了臉色大變。

「什麼？外婆？」

「對，她在那裡，拜託你讓我去幫她，一下下就好。」

「在哪！」

移民官從椅子上站起來。當他看到一位雙手叉腰的祖母，和舉起雙手狀似投降的移民官之後，突然用嘮叨親戚的語氣開始抱怨：

「一開始就說妳是跟外婆一起來的不就好啦！為什麼不講？把語言不通的外婆一個人丟下不管，妳真是個壞女孩。走走走，快走！」

移民官氣勢磅礡地啪啪兩下蓋好入境章，他一手指著外婆的方向，一手把護照遞給我。

英國不愧是對老年人友善的國家……我在心中暗自感念。收下護照、我三步併兩步飛奔到外婆身邊。

外婆見到我之後，非但沒有因此放鬆，還以遠超過公主規格的女王架式發表批評：

「機場的員工真不像話！我可是來自遠方的客人，妳跟他們說說，他們應該要用我聽得懂的語言說話，人家才聽得懂啊！」

唉呀……真強悍。她的心靈真是無比的堅強。

我深深地感受到這是我沒有遺傳到的基因，並且一邊趕緊對面無表情的移民官欠身陪禮：「真的很抱歉……」

3 外婆公主抵達英國

Princess Grandma goes to London

這趟旅行出發之前，我一直覺得舅舅們安排得太過周到了。

但當我面對現實，才發現他們的安排「真的」很妥當。

我想對舅舅們說聲：「真的很抱歉，也很謝謝您們。」

說什麼搭地鐵就好了，根本是痴人說夢話。我也要替當時的自己道歉。

我們搭乘舅舅們從日本預約的計程車，從倫敦市郊的機場移動到市區飯店的途中，我不斷在心裡這樣想。

外婆的腿力不太行，英語也完全聽不懂，但是在機場只要看到喜歡的東西，就會勇往直前，朝目標行進。

我拖著兩人份的大行李箱，只能大聲叫住到處跑的外婆，而且我的呼喚毫無效果。

外婆的行動根本就像三歲孩童。

我沒想到自己竟然會在這種地方，真實體驗松岡享子與加古里子的繪本《紅帽在哪兒》。[1]

直到看見計程車司機舉著寫有外婆名字的紙板時，我才鬆了一口氣。把行李箱託付給司機之後，我好不容易才在外婆迷失在人群之前找到她（還掏錢買了她在商店一眼就看上的披肩）。

如果沒有司機，也許我在機場就會跟外婆走散了。

倫敦的計程車十分寬敞、車頂也高，外婆感到心滿意足。

我又補上一句：「在這裡要當計程車司機，得通過很難的考試喔。」外婆聽了很佩服，也很放心。

1．《とこちゃんはどこ》是松岡享子著，加古里子作畫的兒童繪本，每一頁都是不同場景的人群，讀者必須從中尋找一個戴著紅色鴨舌帽的小男孩。

她眺望著窗外機場附近的閒散風景，嘴上說著：「英國意外地很鄉下嘛。」一等等有點失禮的話，盡情享受我們在英國的初次兜風。

事實上英國的確擁有出人意料的廣闊鄉村，也是這個國家的優點之一。

在將近一小時的車程後，我們抵達倫敦市中心的飯店。外婆天真爛漫地期待著：「會是什麼樣的旅店呢？」我卻暗自緊張著。

空服員老師教過我一件很重要的事：「這種等級的飯店，計程車一停下來，門房就會立刻打開車門，行李員也會過來幫忙提行李。這時……」

沒錯，我必須「付小費」。

日本只有高貴的上流階級有這種習慣，而英國卻是處處都得付小費。要住一流飯店，就得努力當一流的客人。尤其小費一定要付得漂亮。這都是空服員老師教我的。

我以前住英國時，曾經在各種情境下付過小費。不過，說到怎麼付小費付得漂亮，實在是沒把握。

空服員在飛機上教我小費怎麼付。我搭計程車時也在腦中練習了幾次。

沒問題，我一定做得到！

計程車一停下來，一位穿著體面制服的大叔……不，一位年紀幾乎是老爺爺、體格結實的門房，以耀眼的笑容打開了車門。

他先扶著外婆緩緩地下了車，接著對我伸出手。

這時，我先將鈔票握在手裡，再握住門房的手。在我下車站好、放開手時，他已經巧妙地拿走鈔票，行雲流水般地放入外套的口袋裡。

如此一來，我給他的這筆小費，就沒有任何人會看見。

他的動作流暢又自然，毫無多餘動作。

原來如此！

當門房的手從外套口袋裡伸出來時，手中已經空無一物。他接著打了個響指，年輕的行李員便快步過來，從計程車上卸下我們的行李，提進飯店內。

門房對我眨了眨眼，恭敬有禮地引導外婆走進飯店，我這才得以從容地付錢給計程車司機。

在這趟旅程中，門房每天都會跟我見面交談好幾次，也幫了我不少的忙。這讓我覺得，用小費來好好的表達感謝，出乎意料地是一種理想的設計。

飯店的門口狹窄到令人驚訝（幾天之後，門房告訴我：這是為了安全，這樣就不會有一大群人同時擠進來。因為許多大人物都會住在這裡），但大廳出乎意料地寬敞，金碧輝煌，十分豪華。

映入眼簾的，全是裝飾性的家具。

不管看向哪裡，全都是金色的！

到處都有像神殿梁柱一樣的東西，完全不知道有什麼涵義。

大廳正中央有個巨大的大理石檯座，上面的巨大花瓶插著數不盡的玫瑰。

我有些頭暈目眩。這裡是凡爾賽宮嗎？（其實我沒去過凡爾賽宮）

門房引導外婆來到鬆軟舒適的大沙發前，外婆露出燦爛的笑容，穩穩地坐上去。

這股氣勢到底是怎麼回事？我的外婆真的是公主。

我對這一切都目瞪口呆。這時，一位男性員工從櫃檯走出來對我說：

「女士，請到這裡辦理入住手續。」

女士！

這應該是在叫我吧……？

這個瞬間我徹底感覺到，我必須在這裡維持良好的儀態。

總而言之，我拿出外婆與我的護照，再提出外婆的生活需求之後，我們終於爭取到了進入房間的權利。

不久，一位穿著和電影《同窗之愛》裡傳統住宿學生一樣的正式無尾禮服、搭配彩色背心的年輕男性，前來迎接外婆與我，並且帶我們到房間。看來，他似乎是負責這間客房的管家。

他以無比純淨的笑容問候我們並自我介紹，但我實在是太緊張了，什麼都不記得，只知道他好像叫「提摩西」。

仗著他說過：「請叫我提姆。」我和外婆也就一路都叫他提姆，直到最後也沒有機會確認他的全名。

提姆非常自然地讓外婆挽著他的手臂，儘管是初次見面，他依然完美地配合外婆的步伐。
原來一流大飯店的管家是這種等級……旅途才剛開始，我就受到衝擊。
抵達房間後，提姆向我們說明各種設備與客房服務，行李員也在這時把行李送過來，一陣兵荒馬亂之後，房間裡終於剩下外婆和我兩個人。
舅舅們幫我們預約的是Junior Suite套房。
簡單來說，它比雙人房高級一些，但又不到豪華套房那麼奢華，在定位上有些不上不下。
事實上，房間也不像我期待得那樣寬敞。
房內的布置也並不誇張，是我還能冷靜地說出「真豪華」的程度。沙發的布料是粉彩色系，稍微給人可愛的印象。
雖然有個體面的暖爐，但房間另外裝有暖氣，因此應該不會真的在這裡生火。大理石製的壁爐架上，放著一盆細細長長的蘭花。
窗外可以看見來往的忙碌行人，但景觀並沒有好到可以眺望市容。
雖然不是一切都完美到沒話說，但或許這樣剛剛好能讓人放鬆。

這樣我就不用太過緊張，可以照常休息。

外婆很快地就呈大字型躺在軟綿綿的床上，一開口她就開始考我：「剛剛妳和那個小伙子說了什麼？我看你們聊得挺開心的。」

「嗯？他已經知道我們是從日本的兵庫縣來的，剛剛跟我聊了神戶牛肉和姬路城。他都做好功課了，真是一流飯店的好員工！」

聽到我的回答，外婆卻露出不太滿意的表情。

「怎麼了？」

我問道。外婆盯著我的臉說：

「那我呢？」

「咦？」

「我這麼高貴優雅，他不覺得我是哪位貴族嗎？我還怕會嚇到他呢。」

我聽了啞口無言。

天哪，這自我感覺良好的程度太驚人了。

您對自己的評價會不會太高了點？

而且我到底該怎麼回答呀？

如果問這句話的是朋友或爸媽，我一定會用盡全力吐槽：「人家才不覺得妳是什麼貴族！」然而我現在身處的是五星級飯店，眼前這位老太太又是「公主殿下」。

我不想回得太正經嚴肅，但也不想說謊。

短暫的猶豫之後，我轉述了提姆說過的話，勉強不算是謊言。

「他說，妳是一個頗有威嚴的貴婦人。」

「唉呀，就算是這麼短的時間，果然有眼光的人還是看得出我的優雅。」

外婆聽了，慈顏大悅。

呼，好不容易過了這關。

我還來不及擦掉額頭上的冷汗，心情大好的外婆就像在唱歌一樣，一句一句下達了新的任務。

「我想先換件輕鬆點的衣服。」

「我渴了。只有紅茶？也可以啦，但我比較想喝綠茶，有沒有什麼甜食可以吃？」

「我累了，晚餐就在這裡吃吧，妳去問問有沒有什麼吃的。」

「好不容易可以脫鞋了，快給我按按腿。」

嗚哇，裝滿要求的寶箱！我心中的彥摩呂[2]發出慘叫。我只能像個小僕人一樣，為了照顧外婆而忙得團團轉。

不過，外婆主動說出「晚餐想在飯店裡的餐廳吃」，對我來說，算是相當幸運的一件事。

只要打內線電話跟提姆說我想訂位，再把外婆不吃的食物告訴他就好了。

這也是一個好機會，讓我能好好的掌握外婆的食量。

不過，我雖然預料得到飯店的大廳會很華麗，卻沒想到它的餐廳更是極盡奢華。

無論從哪個角度看，都像皇宮。

2．日本搞笑藝人。知名的搞笑名言是：「裝滿〇〇的寶箱！」

這裡的金色裝飾比大廳更多，盛裝打扮的優雅名流們在座位上談笑風生，一起享用著美食。

我心想，原來這就是紳士淑女的社交場合。

餐廳本身並不寬敞，但牆面上鑲嵌著鏡子，視覺魔法讓它看起來像一個廣闊的廳院。

我們被安排在窗邊的座位，侍者分別遞上一本大大的菜單。

對外婆來說，套餐的份量太大，她挑了一些單點料理。我向侍者囑咐：「她年紀大了，吃得不多，請幫她做一半的份量。」

因此，外婆想吃的生蠔和牛排都很自然地做成了迷你尺寸，這真是幫了我一個大忙。

出乎意料的是，外婆竟然全部吃完，她還說：「生蠔好好吃！我要再來一份！」

真的假的……！

沒想到外婆竟然完全不照規矩來，點了「生蠔、羅西尼牛排、再來一份生蠔、不要甜點，來一口起司和紅茶」這種奇怪的餐點組合，聽得我坐立不安。

然而，侍者們只是露出日本藝人團體「叶姊妹」般的自信笑容說：「很高興您喜歡我們引以為傲的生蠔料理。」

或許是因為他們已經習慣了名流人士的一時興起，外婆的小小任性根本就不算什麼。

如果是現在的我，應該能夠冷靜地笑著應對。但當年的我太年輕了，實在缺乏應對經驗。

如今回想起來，當年的我就是個非常在意外界眼光，又很無趣的年輕人。

好不容易順利吃完晚餐，我們回到房間休息了一會兒，接著我要幫忙外婆洗澡。

我幫她吹乾頭髮，接著清理浴缸四周。才踏出浴室，就看到換上睡衣的外婆已經躺進被窩。

我輕手輕腳走過去，只聽到外婆平穩的呼吸。

我之前就聽說，因為藥物的效果，外婆只要睡著了，六小時之內都會睡得很沉，一動也不動。

我點點頭，離開外婆床邊，嘴角不由得地露出微笑。

太棒了，太棒了！外婆睡著了！

接下來就是我自己的時間啦！

變！身！

我一件件脫掉穿了一整天的緊窄套裝，安靜地快速換好衣服，搖身一變成為人們口中的「壞女孩」。

4 祕書孫女變身壞女孩

Princess Grandma goes to London

這趟旅行的目的，是讓外婆在倫敦盡情地遊玩、健健康康地回國。不，是健健康康地「回到家」。

我雖心知肚明，但我好不容易才來倫敦一趟，當然想要自己的時間！

我想跟倫敦的朋友見面，一起玩耍。

但是只要外婆醒著，我就連一秒也無法移開視線。

我們從日本出發之後發生的一連串事件，更讓我深深地理解到這點。

既然如此，我只能趁外婆睡著之後偷偷的溜出飯店。

如果不溜出去玩，我的心靈一定會枯竭至死。

為了保護外婆，我必須先保護好自己。

出去吧！我要出去！後悔也沒有用，出發吧！

青春真的是種可怕的東西，從抵達倫敦的第一天開始，我就瞞著外婆偷偷半夜出去玩樂。

雖然聽說外婆一睡就會睡滿六小時，但把足足六小時都用完實在太冒險了，我想我應該有四小時左右的自由時間。當然，一分鐘都不能浪費。

礙於飯店高貴氣派，我沒換上牛仔褲，而是選了休閒中帶著個人特色的服裝。門房看到換裝後的我，一臉驚訝地問：「女士，妳沒叫計程車嗎？」

「沒關係啦，待會見！」我忍不住雀躍，三步併兩步便把飯店拋在身後。

在約好的Pub，我見到了懷念的留學時代友人，我們互相報告彼此的近況。

Pub有個不成文的規定，每個人都得按照順序去買大家的飲料，因此四個人的聚會至少會喝上四杯。

朋友們一臉輕鬆地喝乾四品脫啤酒（一品脫是五百六十八ＣＣ，四品脫換算起來超過兩公升！），我則是在大家「妳果然又喝這個」的笑聲中喝了四瓶氣泡蘋果汁。

現在回想起來，四瓶蘋果汁的熱量真是令人顫慄。但在Pub的煙霧繚繞與喧囂中喝下的氣泡果汁，不可思議地美味又令人感到暢快。

Pub打烊後，我們又到住得最近的朋友家裡會合，一邊吃著沒營養的零食，一邊喝酒聊天。

結果，我回到飯店的時間是凌晨兩點以後，大約是外婆就寢的五小時後。

門房已經下班了，櫃檯也沒有多問便給了我鑰匙，我一臉若無其事地說了聲晚安，走向房間。

進房時我緊張得不得了，但也許是長時間的移動太過疲累，外婆打著呼正在熟睡。

安全上壘！

我放下心中的一塊大石，一邊沉浸在快樂相聚的餘韻中，一邊輕手輕腳地準備就寢，靜悄悄地躺上外婆身邊的床。

我連個呵欠都沒打，立刻就睡著了，感覺只是眨了一下眼就已經是早上。

我醒來時，外婆已經起床，而且她精神抖擻，一臉「不知時差為何物」。

「我肚子餓了，去吃早餐吧！」

外婆催促著我，同時挑選著當天要穿的衣服。她挑的是一件色調明亮的碎花洋裝，彷彿反映著她的心花怒放。

我則是將昨晚穿的衣服塞進衣櫃的深處，換上一套平平無奇，顏色與設計都十分樸素的套裝。

接著，我們來到早餐餐廳。

我總覺得飯店的工作人員在昨天晚餐的大餐廳看到我們之後，對我的態度就有些奇妙的變化。

當然，他們對我還是非常有禮貌，當我照顧外婆時，總是有人立刻過來幫忙，這點並沒有改變。

然而，他們都會在外婆看不到的地方對我眨眼或做出逗趣的表情，似乎在對我說：「妳真辛苦！」彷彿我也是他們的一分子。

啊，原來如此！

我頓時恍然大悟。

外婆是我母親的母親，因此我們姓氏不同。

而且我長得比較像父親那邊的親戚，跟外婆長得一點都不像。

再加上，昨天晚上我偷偷的溜出飯店。

我穿著一身休閒溜出去，又帶著一身菸味（我不抽菸，但當時待在Pub就是會被燻得一身菸味）心情大好的回到飯店，很明顯就是偷跑出去玩。

我想，八成所有的工作人員都在開晨會時聽說了我晚上偷溜出去玩的事，他們一定是這樣想的：

「那兩個人，一個是有錢的老太太，一個是她的祕書。而且祕書還是個壞女孩。」

不是這樣的，一個是外婆，一個是她可愛的孫女啦！我原本想要若無其事地說出正確的資訊，但仔細一想，也許這樣反而好。

要是這些工作人員都誤會了，可能更方便我行事。

一流飯店的工作人員都以為我是他們的同行，正在伺候一位難搞的主人，也許這是我求之不得的奇珍異事……？

這個情境真的對我有利。

我腦中出現這個念頭，於是心存感謝地接受了他們的誤會。

ＯＫ，在這趟旅程中，我就好好的扮演外婆僱用的年輕資淺的祕書吧！

外婆在自助餐區發現了對半切開後挖掉籽、再填入許多草莓的大顆哈密瓜，現在正開開心心地享用這既樸素又豪華的美食。我看著大快朵頤的她，下定了決心。

如果我能把自己當成祕書而不是外孫女，應該就能冷靜地把外婆的無理取鬧當成工作處理。

雖然只是覺得自己好像做得到，但至少我有「這個心」嘛！

吃完早餐回到房間後，提姆很快地就來問候我們。

「早餐還合兩位的口味嗎？您之前說今天不需要早餐茶，若是改變主意，請隨時告訴我。我會將您喜歡的茶或果汁和報紙一起送到床邊。今天要到哪裡去呢？有什麼我可以替您安排的嗎？」

提姆昨天說過「在這趟旅程中，我就是您們的管家」，他照顧我們的時候真的是面帶笑容，無微不至。這時，他也用只有我聽得到的輕聲細語說：「要不要喝杯Strong tea？妳很需要吧。」並對我露出有些壞心的漂亮笑容。

簡單翻譯一下這句話，意思是：「妳昨晚出去夜遊，現在一定很睏，補充一點咖啡因吧。」

「別擔心，No, thank you。我睡了三小時，還撐得下去。」

我小聲地回答。提姆聽了有點吃驚。他又小聲地告訴我：「如果今晚還要出去，至少搭個計程車。門房很擔心妳的安全。」

啊！

說起來，在我徒步飛奔向夜晚的街道之後，就沒有再遇到門房了。

或許他一直到下班，內心的某個角落都還擔心著我有沒有平安回到飯店。

「對不起，下次我會搭計程車的。」

聽到我這麼說，提姆語速很快地回答：「妳跟門房說吧。」接著，他笑容可掬地問候外婆：

「夫人，您昨晚睡得好嗎？您昨晚享用了我們的招牌晚餐，不知今天晚上要在哪裡用餐？」

不只是提姆，這間飯店的所有員工即使知道外婆完全聽不懂英文，有事找她時還是會直接對著她說話。

他們的服務中完全沒有「反正她本人也聽不懂英文，直接跟祕書說就好了」，這種節省時間的思考。

有事找外婆時，他們會看著外婆的臉，對外婆說話。

接著，他們會等一旁的我快速的翻譯完。

聽完我的翻譯之後，外婆也會很自然地看著他們，用日文回答。

然後，我再把外婆的回答翻譯成英文，讓他們能夠對著本人溝通。

每次我都得扮演翻譯機器人的角色，十分麻煩。但我認為這是理所當然的，也是很理想的狀態。

即使沒有惡意，有時我還是會不小心覺得：「反正他不懂」、「反正無法傳達」、「反正做不到」，這種其實是瞧不起別人的行為。每當我想起自己的這些言行，還有這趟英國行的溝通過程，就會深自反省。

「外婆，今天晚餐妳想吃什麼？提姆會幫我們預約，妳有特別想吃的東西嗎？」

我翻譯完提姆的問句後，外婆元氣十足地回答：

「昨天的生蠔很好吃，我今晚想去別的餐廳吃吃看！」

生蠔的世紀大流行，還沒有結束！

我有點傻眼也有點佩服，於是交待提姆：

「今天我們要去大英博物館參觀，接著回房間小憩一下，再去福南梅森逛街。晚餐想去有好吃生蠔的店，優雅正式的餐廳會比休閒風格的更好。」

提姆似乎也聽說了外婆連點兩份生蠔的事情，他莞爾一笑後答道：「我很想告訴妳：我們的生蠔是全倫敦最棒的。不過，附近正好有一間餐廳也有同樣美味的生蠔，我幫妳們預約。跟昨天的晚餐一樣時間，可以嗎？」

提姆乾脆俐落地幫我們預約了餐廳。出發時，他引導外婆來到飯店大廳，途中，他很自然地告訴我：

「〇〇小姐（我的本名），既然妳是本飯店的貴賓，這也就代表妳在倫敦沒有什麼需要獨力解決的事。遇到任何困難，請妳一定要打電話給我。」

提姆停了一秒，再次叮嚀我：「就算當時妳是一個人，也是一樣。」

幸運的是，外婆身上沒發生任何困難到需要求助的事件，但聽到提姆這麼說，給了我很大的勇氣。

而且，後來我才知道，提姆這句話並非場面話。

5 外婆公主在倫敦塔歡天喜地

Princess Grandma goes to London

外婆在人生最後的晚年，視力減退，什麼都做不到，失智症也急速惡化。

但在那之前，她有很多的興趣。

而且，這些興趣都非常的典雅。

茶道、花道、謠曲、日本小鼓、製作人偶、懷石料理、參觀神社寺廟、觀賞能劇與歌舞伎、蒐集古董……

沒錯，外婆非常喜歡美麗、豪華、優雅、傳統的事物。

當然，我們的倫敦觀光也必須遵循外婆的美學。

你可能會覺得，美麗的事物沒人會討厭。但外婆的美學可不是這個等級。

她是個激進派，甚至主張：「我絕不允許有不美的東西。」

我以為自己了解她的想法，但我其實並沒有真的理解。因此，我們才到第一個景點大英博物館，我就面臨了無計可施的窘境。

外婆很中意大英博物館宏偉的建築，但不論是每個人都感興趣的木乃伊、每個人都想看的羅塞塔石碑、所有人都會目瞪口呆的「埃及超巨型展品」，還有整面的希臘神殿牆壁，她都完全沒興趣。

「這裡怎麼都是一些晒乾的玩意兒跟石頭啊……」

哪有人這麼隨口評論的啦？

「亂糟糟的，可惜了建築還不錯。我不看了，我們去下個地方吧。」

咦，不看了！真的嗎？

我根本沒聽過哪個博物館不是「亂糟糟的」。

外婆只看了不到一小時就對廣闊的博物館失去興趣，但我可是一整個星期都想待在這裡。

每一層樓所有的展品都讓人雀躍不已，但這份感動與興奮，我完全無法和外婆共享，這讓我從旅程的一開始就大受打擊。

沒看幾眼就必須和大英博物館說再見，讓我非常的依依不捨，但是我必須立刻找到其他外婆可能會喜歡的景點。

在等待外婆上廁所的空檔，我拚命地翻查著旅遊指南書。

現在只要拿出智慧型手機就能輕鬆查詢，但當時沒有這麼方便的設備，只能依賴旅遊指南和自己的記憶。

國家藝廊……已經排好改天要去了。

泰德美術館太新潮了，外婆恐怕不會喜歡。

倫敦動物園……不，完全不符合外婆的喜好。水族館也完全不在考慮的範圍。

自然史博物館……外婆一定會說：「這裡怎麼都是些骨頭、晒乾的玩意兒、石頭和瓶裝貨啊……」

夏洛克．福爾摩斯博物館……外婆對福爾摩斯大概一點興趣也沒有，而且那裡太窄了，樓梯也很陡，對她來說太危險了。

看來我喜歡的地方，外婆似乎都不會喜歡。

唯一例外的可能是，維多利亞和艾伯特博物館……不，等等。

剛剛在大英博物館裡，外婆只有在參觀珠寶展區時看得很認真。

既然如此……那就決定是那裡了。

我想比起一大堆好東西，少量挑選過的珍寶可能會給外婆更多的好印象。

於是，我和從廁所出來的外婆一起搭上計程車，朝泰晤士河沿岸的倫敦塔出發。

車程大約是十分鐘，吃顆糖，稍微休息一下就到了。

這裡也是主流的景點，有許多的觀光客。

相較於倫敦眾多可以免費入館的設施（其實有個不成文的默契，遊客基本上必須樂捐自己負擔得起的金額），倫敦塔的入館費貴得令人有些猶豫，但我付錢付得十分爽快。

什麼功課也沒做的外婆，看著倫敦塔問我：「這是哪一位貴族的城堡？伊莉莎白女王嗎？」

我只好坦白告訴她，這裡以前是當成監獄拿來關押囚犯的……外婆一聽，臉色當場變了。

我就知道會這樣。

「妳怎麼會帶我來這裡？看監獄幹嘛？」

面對開始發脾氣的外婆，我簡單說明了倫敦塔的歷史。

這裡和外婆想像的監獄有一些不同，雖然曾經關押過犯人，但以前也是國王的城堡，現在也依然被歸類為宮殿。

過去還曾經設有動物園（現在也還有動物造型的藝術品）。

這裡曾經有許多的名流貴族遭到囚禁並殞命，充滿了歷史的哀傷與浪漫。

最重要的是，這裡展示著王室珍藏的寶石與王冠！

一直不太高興的外婆，聽到最後一句，她的雙眼突然綻放出光芒。

「有沒有伊莉莎白女王的王冠？有其他的寶石嗎？妳說，有世界第二大的鑽石做的權杖？在哪裡？我要看！」

哪來的急性子啦！

外婆就像日本那齣人氣連續劇《相棒》的主角杉下右京生氣時一樣，一下子就火力全開。看到寶物館展示的「王權之物」（Crown Jewels）區，她興奮得不得了。

「伊莉莎白女王的加冕儀式，我是和我家那口子一起在電影院看的。當時那叫特藝彩色[3]……沒錯，就是那頂王冠、那支權杖，就是它們沒錯！」

外婆的眼睛閃閃發光，完全不輸玻璃櫃裡那些令人目眩神迷的寶石。

對外婆來說，這些「價值連城的寶石」加上「年輕時和亡夫的快樂回憶」，實在令她感慨萬千。

一定是因為外婆在戰後的艱困生活中，看了「遙遠國度的年輕公主繼位成為純真而莊嚴的女王」這樣如同童話的電影，而當年電影裡那頂王冠和那支權杖，現在就在她的眼前。

故事和現實世界連結的瞬間，總是彷彿美夢成真。我也很能理解外婆為何這麼興奮。

「當時的伊莉莎白女王又美又高貴，再也沒有人比得上她了。她的項頸纖細又修長，好像戴了王冠就會折斷一樣……雖然現在她已經是個老奶奶了。」

妳也一樣啊。

我機靈地把尖銳的吐槽吞進肚子裡，默默地聽著外婆憶當年。

外婆陶醉不已，從這個展示櫃健步如飛地走向那個展示櫃，似乎完全忘了雙腳的痠痛。接著，她似乎突然想起什麼，看著我吩咐：

「我回日本後一定要跟朋友聊這裡，快去幫我買導覽手冊，還有寶石的照片……唉呀，這裡不能拍照嗎？真小氣！有明信片？好啊，那也不錯！多買一點，我要當成土產送人！」

公主殿下的心願，我當然要全部完成。

外婆還沉浸在夢境般的喜悅中。她在咖啡廳坐著享用紅茶與蛋糕代替午餐，順便歇歇腿，我則為了購買她喜歡的土產，在商店裡四處徬徨奔走。

倫敦塔的導覽手冊要花錢買，但是有日文版的！太棒了！

明信片的種類多到令人驚嘆：「連這種展品也能做成明信片。」

除了外婆想要的「王權之物」，我還挑了外婆因為「不吉利」而不喜歡的倫

3．特藝彩色（Technicolor）是一種用於拍攝彩色影片的技術。

敦塔守護神——羽毛又黑又亮的漂亮烏鴉。

關於旅程的聊天話題，當然是愈多愈好！

除此之外，我還買了以展示品王冠為設計概念的手帕。

外婆因為年事已高，吃飯時常會不小心「漏出來」，我覺得這條手帕可以代替餐巾使用。

雖然外婆並沒有交代我買這個，但是回國後，外婆每次外出用餐都會帶著它、把它鋪在腿上。我想她應該頗為鍾意。

「忙這忙那的，真是好累人。」

我嘴上咕噥著。還好，總算知道了外婆想要什麼，我鬆了一口氣，臉上也終於有了笑容。

不過，相信各位讀者都已經猜到，我只是「自以為」了解外婆，因為這份自信很快就會被碾碎成粉塵。

6 外婆公主在哈洛德百貨被團團包圍

Princess Grandma goes to London

參觀完倫敦塔（的一小部分）之後，我們按照原先的規劃回到飯店，在房間裡稍事休息。

外婆就和在日本時一樣，要睡大約一小時的午覺。

對於外婆的午睡習慣，我總覺得「太可惜了」而焦躁不已。不過，正因為每天都有午睡，外婆才能精神抖擻地繼續這趟旅行。

說起來，親戚們提出旅遊的計畫是在過年期間，而我們實際出發是秋天。之所以會隔這麼久，有一部分是因為我的工作日程難以調整。不過，最主要的因素還是，我們在等待「適合旅遊的季節」。

雖然秋天日落的時間會愈來愈早，晚上又比較冷，但外婆會外出活動的早上到傍晚，都是溫暖或微涼的氣溫，比較舒適怡人。

即便如此，對八十多歲的女性來說，光是身處陌生的國度，就會大幅地消耗精力。

趁著外婆露出奇妙的兇惡表情熟睡時，我去了離飯店最近的超市，買自己要喝的便宜紅茶，還有外婆偶爾想吃的散裝零嘴。

因為英國當地的硬水，讓外婆的皮膚又乾又癢。於是，我又到藥妝店替她買保濕霜，還有她忘了帶來的指甲刀……

你說，我不是也該休息一下嗎？呵呵，這些購物行程對我來說可是靈魂的休憩、生命的沐浴呀。

我還順路進去了紅色的可愛電話亭（現在說起來真是令人懷念），打給昨晚沒見面的其他朋友，確認今晚碰面的時間地點。

接著，在睡醒的外婆吃著從日本帶來的酸梅、喝完一杯煎茶後，我們動身前往英國最有名的百貨公司之一「哈洛德百貨」。

原本我們預計要去的是飯店附近的「福南梅森」，但外婆說：「點心和紅茶可以之後再買，我想先去百貨公司。」因此變更了行程。

我和門房說了我們要去的地點，他很快地就叫來等在一旁的計程車，把我們的目的地告訴司機。

和昨天與今早一樣，門房在外婆上車時體貼地幫忙。在我上車前，他神色略顯嚴肅地小聲對我說：

「壞女孩，妳昨天睡眠不足，現在還好嗎？在哈洛德百貨每次結完帳，都要告訴他們妳住在這裡喔。他們會把妳買的所有商品都一起送過來。」

原來有這麼方便的送貨方法？我很驚訝。他一臉理所當然的表情，又叮嚀了一句：

「既然太太不用拐杖，妳就得把兩隻手都空下來，才能好好的照顧她。對了，要不要在哈洛德百貨讓太太挑一支拐杖？如果她喜歡，可能就會用了。」

天啊，他莫非有千里眼？

才不到一天的時間，門房就看出腿腳不行、卻不想用拐杖，是因為外婆的個性很好強。

而且，他也隱隱地察覺了外婆不喜歡拐杖的理由。

沒錯，與其說是撐拐杖不好看，更重要的是拐杖本身不時髦、不美觀。

這就是外婆的理由。

然而，英國可是紳士的國度。

手杖是紳士的隨身必備品，只要去賣手杖的商店，就會有時髦又高品質的商品可以挑選，或許外婆會找到她喜歡的拐杖。

這間飯店的員工，總是把他們的人生智慧傳授給我，在這趟旅程中幫了我好幾次。其中，門房的這句話真是惠我良多。

我在計程車裡跟外婆提議：「難得我們要去『王室御用』的百貨公司，要不要在那裡買一支很棒的拐杖呢？」外婆聽了一臉似乎很有興趣。

「這麼說也對，要是我跟朋友見面時，拿一支讓大家眼睛一亮的拐杖，他們一定都很羨慕。我希望他們不要覺得我是腳走不動才要拿拐杖，我是因為它很時髦才拿的。」

拿拐杖的「前提」是要讓朋友羨慕！我外婆真是超級積極又正向！

不過，比起拐杖，外婆有一件在離開日本前，就決定要在哈洛德百貨買的東西。

那就是大衣。

沉重的外套對外婆來說負擔太重了，她想要一件百分之百喀什米爾羊毛製，又薄又輕又暖的大衣。

不過，外婆的身材嬌小，與其在哈洛德百貨找，不如去當時位於倫敦的三越百貨，比較能買到符合日本人身材的大衣……我給了現實觀點的建議，外婆卻一口拒絕。

「倫敦的三越百貨我也想去，但是我不想在日本的百貨公司買大衣，我要在英國首屈一指的百貨買！這樣才有紀念價值！」

嗯、嗯，原來如此。我好像有點懂外婆的心情。

哈洛德百貨的建築物十分典雅，讓人感受得到它悠久的歷史。外婆看了，露出「百貨公司就得這樣嘛」的滿意表情。

一走進百貨公司室內，外婆立刻對空氣中的香水味興致盎然。為了早點完成最重要的目的，我半強迫地把她帶到了女裝部門。

哈洛德是一間巨大的百貨公司，萬一半途繞路，東逛西逛，外婆一定會在挑選大衣之前，就耗盡所有的體力、精力和注意力。

剛好女裝部門沒別的客人，店員們便集合起來親切地幫忙外婆試穿。如我所預料，每一件大衣的尺碼，尤其是袖長和衣長，對外婆來說都太長了。不過，店員很仔細地替外婆量身，說可以在修改完成後把衣服寄到日本。這個問題一下子就解決了。

接下來，要決定的是重量、款式和顏色。

如果是我要挑衣服，試穿個兩、三件就會覺得太麻煩店員了，最後總是跟現實妥協。

但是外婆毫無此顧慮。她的目光掃到的每一件大衣，都請店員拿來讓她穿，還一邊唸唸有詞：「這件看起來好看，穿起來卻平平無奇，這種衣服到處都有。幫我拿那件來，還有那邊的那一件。沒有更輕一點的大衣嗎？這麼重的衣服，穿了肩膀會痠痛！」

店員們的年紀跟我母親差不多，她們沒有露出半點不情願的表情，非常認真地聽我翻譯外婆的要求。

她們拿來一件又一件或許符合外婆期待的大衣，彼此開始討論了起來：「這件衣服不太襯她的膚色。」、「這件衣領的設計太男性化了，她比較適合優雅一點的。」

從中途開始，就算我不翻譯，外婆與店員們也開始有了言語之外的溝通方式，她們比手畫腳、加上表情，達成了大部分的意見交流。

也許是外婆心中那股「無論如何我都要在這裡找到最適合自己、最特別的衣服」的熱情，打破了語言的高牆，點燃了店員們的鬥志與自尊。

這是一場專業店員與專業顧客的頂尖對決，我看著她們熱烈的大衣挑選競賽，心中不禁感嘆著，「買東西原來是一種體育競技。」

當外婆終於說出「好！就是這件！」時，寬廣的試穿室已經滿滿都是大衣堆成的小山。

明明知道它們都是衣服，我卻忍不住想用「遍地屍骸」來形容。沒被選上的大衣啊！安息吧。

外婆站在鏡子前，得意洋洋地穿著一件高雅的駝色大衣。

咦？挑了這麼久，結果選的是這件？這件也太普通了吧？

不，這可是外婆千挑萬選的衣服，當然一點也不「普通」。

乍看之下，這件大衣的確是「在日本就能買到」的簡單款式，但是需要特別注意的是它的「內襯」。

將大衣的衣角翻起時，會露出令人怦然心動的杏桃色光澤緞面。

看起來既華麗又明亮，但絕不會令人覺得粗俗，配色的調整，精妙無比。

原來如此！

「怎麼樣？這件會不會太花俏了？」

外婆有些不安地問我，我告訴她：「確實是有點花俏，但它看起來就是『在倫敦買的』。」

我自己絕對不會選這種內襯，因此回答得很模糊，這點還請多多包涵。

一位似乎是主管的女性店員對外婆說：「有些年紀的長輩，就要穿華麗一點的顏色。這件衣服很適合您。」接著想了一下，又轉頭問我：

「夫人穿起來真的很好看！不過……她很中意這件衣服，所以我想聽聽妳的意見。妳會不會覺得鈕扣太搶眼了？我們可以把它換成更低調的顏色和設計。還有，領子改小一點，比較適合夫人的身材，整體也會更均衡。不過，也許我們的感覺跟日本人的感覺有些不一樣。妳覺得怎麼樣？」

這個建議真是無懈可擊！我驚訝於她追求客觀意見的專業精神，因此認真思考了一會兒才回答她：「妳說得對。」

我也把她的話翻譯給外婆聽，外婆也很佩服地說：「聽她這麼一說，真的是這樣！」

店員送我們離開時體貼地說：「衣服修改好，我們會把它包裝得漂漂亮亮地寄到日本，剛好在您需要大衣時就可以收到了。請您在日本耐心等待。」外婆聽了，又燃起買拐杖的雄心壯志，我決定先把她帶到茶屋休息一下。

外婆想吃的冰淇淋份量很大，我們兩個人得分著吃，還必須喝點紅茶。熱呼呼的奶茶搭配冰涼的冰淇淋，對牙齒來說有些刺激，但十分美味。

點好餐之後，外婆的心情還很興奮，興味盎然地問我：

「剛剛妳跟店員在說什麼？」

「什麼？」

「剛剛呀，最後妳跟店員討論了好久。」

「啊，我們在講鈕扣跟領子之類的事。」

「就這樣？我覺得店員看著我的眼神充滿了尊敬耶。」

那是因為像妳這麼纏人的顧客太少見了，店員的行為就像拳擊選手在對戰之後，也會抱住剛剛用盡全力決戰的對手，獻上敬意一樣……雖然我內心這麼想著，但是只曖昧地回了外婆一句「是喔？」想要敷衍過去，外婆卻激動得鼻孔噴氣。

「妳知道嗎？日本的羽織也有這種欣賞華麗內襯的文化喔！只要看一眼露出來的內襯，馬上就知道穿這件衣服的人時不時髦！」

「喔……」

「那些店員都是服裝專家，看到我把這種技巧應用到大衣上，一定很感動。她們是不是跟妳說：『怎麼有這麼美麗、高貴、又時髦的老太太遠從日本來到這裡？』」

才沒有啦！才沒有人說這種話啦！

我不能說謊，於是只好拚命在腦中搜尋著店員們有沒有說過「哪句」讚美外婆的話。

唔……嗯……啊！我想起來了！

「對了，我們在講到鈕扣跟領子之前，她們有說。」

「我就知道！她們說了什麼？」

「有年紀的長輩，最好穿華麗一點的顏色。還有，她們說妳的頭髮很白，搭配那件大衣的內襯很好看。」

「唉呀！她們竟然懂得欣賞我的頭髮，果然是一流百貨公司的店員。」

外婆立刻就露出滿意的微笑。

呼，這次也好不容易過關了……

相信各位都能體會，當時我覺得自己啜飲的那杯奶茶比想像中還要美味。

外婆從某個年齡之後便不再染髮，她幾乎一直到最後都保持著現在很流行的「奶奶灰」髮色。

不僅如此，外婆還會將像雪一樣純白的頭髮燙得蓬蓬的，現在回想起來，真的很美。

外婆很愛惜回國一個月後收到的大衣，一直架式十足地穿著它，直到她完全遺忘了時尚，還有這趟曾經四處向人誇耀的旅行。

之後，我們又歷經了一次連店員們都一起參與的拐扙研討會，最後才訂製了拐杖。外婆出門時，也總是對這把拐杖十分自豪。

如今我有些後悔，如果當年有留下外婆的那件大衣與那把拐杖就好了。現在回想起來，我的心中有些悵然。

外婆與我在準備回飯店時，她說想看看「那個有名的地方」，於是去了「食品廳」，也就是哈洛德百貨引以為傲的巨大的食品賣場。

外婆看到這個充滿世界各地美食的空間，她興奮地說：「下次我也想在這裡買土產！」出人意料的是，接下來她還眼明手快地發現了一間生蠔餐館，而且在我出聲阻止之前，便踏進去坐下來了。

為什麼老人家只有在這種時候行動的速度是我想像的五倍快呢？

「我們晚上已經預約一間生蠔很好吃的餐廳了啦！」

外婆完全不聽我的勸告。她在這裡也挑戰了一打生蠔。

結果，外婆輕輕鬆鬆在兩天內吃掉三打生蠔，一直到我們回國後，她還是一直說：「哈洛德百貨的生蠔，最棒！」

外婆的意思是，每間餐廳的生蠔都很好吃，但哈洛德百貨的生蠔有穿著白襯衫加直條紋圍裙，服裝品味特殊的帥氣店員服務，他會以靈巧的手法撬開生蠔殼、並面帶親切的笑容把它遞到眼前，說：「夫人，請用！」……她覺得這種臨場感實在太過美妙了。

「我實在很少坐吧檯，感覺像偷吃東西一樣，偶爾一次也不錯啦。」

現在的我很慶幸想起了當時外婆小聲地跟我說這句話時，她的臉上浮現彷彿小孩在外偷買零食吃的笑容。那是一個充滿少女氣息，非常可愛的微笑。

7 外婆公主口中的平安女子

Princess Grandma goes to London

「早安，壞女孩。聽說昨天妳有搭計程車回來，之後也要這樣喔。」

入住飯店的第三天早上，我和門房打招呼時，他笑著對我說了這句話。

這間飯店的員工會議，資訊共享也做得太徹底了吧？

看來所有的員工每天都會知道我晚上偷溜出去、還有回來的時間。

而且昨天我還提早把晚上外出的地點告訴管家提姆。因為提姆說：

「要是妳發生什麼事，只要知道妳人在哪裡，我們就有辦法救妳。所以即使覺得麻煩，還是希望妳能告訴我們。」

他都這麼說了，但我實在沒辦法告訴他，「我也不知道我會去哪裡。」

當時，雖然已經有行動電話，但還沒辦法在國外使用。因此，「事先知道對方人會在哪裡」的重要性，遠比現在高得多。

雖然我覺得自己好像變成品行良好、一切都按照計畫的壞女孩，但是我一點也沒有討厭的感覺，也不覺得煩。

這是因為，他們介入我生活的程度真的非常巧妙。

雖然他們有提醒我出門要搭計程車、還問我要去哪裡，但在這趟旅程中，他們一次也沒有打聽我：「出去做什麼」、「跟誰見面」。

我想，他們心中對於介入對方的隱私到哪個程度，有一條很清楚的界線。

在掌握界線的前提下，他們又有一點點的「雞婆」，實在很窩心。

舉例來說，當我在深夜回到房間、準備就寢，正想把脫下來的衣服、再塞進衣櫃深處時，才發現一件事。

昨晚被我沾染菸味的衣服，已經洗得乾乾淨淨、整整齊齊掛在衣架上。

而且，它看起來有些奇妙。

今天早上，我把外婆一件不小心沾上食物醬汁的洋裝拿給提姆，請他幫我送洗。這件洋裝現在已經送回衣櫃裡，還套上了乾淨的防塵套。而我的衣服卻

「沒有」防塵套，還散發著一股媽媽在老家幫我洗衣服時會有的香氣……

衣架上用膠帶貼著一張折起來的便條紙，我打開一看，上面寫著：

歡迎回來！穿過的衣服請用塑膠袋裝起來、放到門外。不用擔心，我們洗制服時會順便幫妳洗。妳是我侍奉的淑女，我可不能讓妳穿著染上菸味的衣服出門。

提姆……！

我看著有些裝模作樣的留言，想起提姆聰明機靈又純淨的笑臉，不由得眼泛淚光。

他們覺得我雖然是客人，但是跟他們是相同的立場，這種出自共鳴的溫柔體貼，在這趟旅程中真的給了我極大的幫助。

當時的我還很年輕，不但沒有跟高齡長者生活的經驗，也不了解身心都逐漸衰老的痛苦，甚至連想像都無法想像。外婆的言行舉止唐突又支離破碎，而且完全不願忍耐，我對此深深的感到困惑，也焦躁不已。

這時，即使一切都是「因為是工作才做」，這些總是溫柔又自然地照顧外婆的飯店員工們，至今依然是我的好榜樣。

除了口頭提醒我，晚上外出要注意安全之外，他們也會積極的服務外婆，減輕我的負擔，還不時會告訴我：「這種時候，只要這樣做就可以了。」

這天外婆與我的行程，是：「到國家藝廊參觀，在館內的咖啡廳稍微吃一點午餐，下午提早回到飯店睡午覺。接著，觀賞音樂劇《歌劇魅影》下午場，如果還有體力，就去逛街購物。」

首先，我們要去我最喜歡的國家藝廊！

不出我所料，外婆在國家藝廊有興趣的展示品，幾乎只有達文西的《岩窟聖母》。

外婆只知道在日本特別隆重的「特展」，然而在國家藝廊，梵谷的名畫《向日葵》和莫內、林布蘭的名作，都稀鬆平常地掛在展示空間，或許因為這樣，外婆感受不到它們的珍貴。

不過，在國家藝廊天花板挑高的氣派大廳裡，氣勢磅礴地展示著巨大的繪畫，這股魄力讓外婆驚嘆不已。

「每個展示間壁紙的顏色都很好看！在日本很少看到那種用色。」

外婆今天早上也吃完了她最愛的半顆哈密瓜搭配大量的草莓，所以午餐只想吃一點點。話雖如此，她還是要了半顆加葡萄乾的大份司康，邊嚼邊發表她的感想。

壁紙？在這個擺滿世界名畫的美術館裡，外婆注意到的竟然是「壁紙」？因為太出乎我的意料了，讓我很驚訝，但是仔細想想，確實如此。

有些展示區的牆壁是單純的白色，但許多展區都用了色彩繽紛的壁紙。濃重的胭脂紅、清爽的綠色，還有低調的植物花紋。仔細一看，都是匠心獨具的配色。

這讓我驚覺到，雖然外婆的美學意識會因為種類的不同而產生精密度的落差，但無論她在哪裡，都會用審美的眼光看世界。

最得外婆的心的，是一位坐在展示區角落椅子上、年齡大約四十歲上下，靜靜地觀察室內狀況的女館員。

她的工作是監看觀展的民眾。她本人身材瘦小，腿上蓋著一條很溫暖的披肩，戴著有點落伍、不時尚的黑框眼鏡，鏡片底下的眼神很溫柔，臉上始終帶著微笑。

從她臉上的表情可以看得出來，她並不是在監看群眾。而是觀展的人們正在享受繪畫之美，她則是滿懷欣喜地守護著這些人。

不僅外婆覺得她很棒，我也覺得她給人的感覺很好。

國家藝廊有來自世界各地不同的客人，對繪畫的觀賞方法也是形形色色。

雖然沒有惡意，但有些參觀的人會太過靠近繪畫，或是單純地伸出手想要碰觸畫框。

為了不傷及他們的心、不讓他們感到不舒服，也不驚擾到其他正在欣賞畫作的人，她會以溫暖的笑容親切提醒參觀者。她的態度真是優雅到了極致。

她的對話以提醒作為開始，最後一定會以「謝謝您的合作，祝您觀展愉快」作結，這點也很棒。

當一位五歲左右的小男孩拉著畫作前的繩子玩耍時，她制止的方法更是大大地擄獲了外婆的心。

她慢慢走近小男孩，然後蹲下來，將她的視線降到跟男孩一樣的高度，用外婆也能聽得懂的英語提醒他：

「Be a little gentleman!」（你要當個小紳士。）

小男孩突然回過神來，挺直了腰，手也放開了繩子，站回到她的面前。

她面露微笑鄭重地向男孩說：「謝謝你的合作。」女館員和小男孩握了握手，才回到自己原來的位子。

接著，小男孩抬頭挺胸地走回母親身邊。看到這一幕的外婆，大為感動。

「英國紳士一定就是這樣培養出來的。他們兩個都很棒。」

「真的，那個館員人真好。要是在日本一定會直接喝斥：『不可以！』、『不要碰！』而且那個小男生也因此知道紳士的概念了，他明明還那麼小。」

我喝著茶，對外婆的意見表示贊同。外婆聽了一臉嚴肅地說：

「當年我養兒子的時候，是不是也應該叫他們『當個小武士』呢……」

這麼說來，聽說外婆的娘家是武士出身。

我想像了一下現在威嚴十足的舅舅們，回到童年、坐在木頭地板上正襟危坐努力當個「小武士」的模樣，忍不住笑了出來。

「那也很可愛啦！可是女生怎麼辦？」

「女生啊……」

外婆思考了一下，她這樣回答：

「當個小清少納言。」

哇，竟然是平安時代的超級女強人。

「為什麼是清少納言？怎麼不是紫式部……不然有名的美女小野小町呢？」

外婆聽了，她直視著我的眼睛回答：

「就算沒有天生的美貌，女人只要想變美，就能變美。就算不是小野小町，只要夠努力，還是能擁有美貌。」

哇。

為什麼我到了倫敦，還是在我最喜歡的國家藝廊咖啡廳裡，卻突然有種被當頭棒喝的感覺？

外婆接著極力說服我：

「紫式部當然也很優秀，但我還是更喜歡清少納言。她的主人落魄了，她還是忠心耿耿，還寫那麼直率又有趣的文章，安慰和支持寂寞的主人。她的生活方式才是真正的美！真正的美人，就是像她這樣的人啊！」

咦？

這聽起來跟我之前知道的外婆美學不太一樣。

這種思考方式，我很喜歡。

我第一次覺得「這個人果然是我的外婆」。

然而，外婆卻用「我知道妳在想什麼」的眼神緊盯著我看，又加上一句：

「妳要是真的想靠寫小說討生活，就要當像清少納言那樣的作家。克制自己想成名、想受人誇讚、想大賣的欲望，才能寫出貼近人們心靈的小說。工作不能只為了自己。比起作品大賣、賺大錢，能夠碰觸多數人們的心靈才是更值得高興、更值得感謝的事。」

哇……

這次外婆又從另一個方向給我一個當頭棒喝，我聽了一句話也答不出來。

外婆若無其事地看著滿是司康碎屑的盤子，接著說：

「司康真是一種不夠用心的食物。說難吃，是不難吃啦，但誰吃都會覺得再多一點水分才比較好入口，對吧？英國人太重視傳統了，他們應該要努力改善跟進化才對！」

不，這麼強悍的基因，我果然是沒有遺傳到啊……

「司康是搭配紅茶吃的點心，就是要乾乾的才對味啦。有水分的司康就不是司康了……好了，再喝點茶吧，自己補充水分。」

不知為何，我忍不住替非親非故的司康做了無力的辯解，以英式風格替外婆倒了一杯滿滿的紅茶……

8 管家招待外婆公主

Princess Grandma goes to London

倫敦有許多音樂劇演出，但是若要兼顧劇場的古典美感，還要有通俗易懂又美妙的音樂與劇本，《歌劇魅影》就是不二之選。

我從青少年時期開始就多次觀賞過這齣戲劇，因此可以自信滿滿地向外婆推薦，看這個準沒錯。

於是，我和睡完午覺、精神飽滿的外婆，一起搭計程車前往「女王陛下劇院」[4]。

出發前，外婆從提姆那裡聽說，女王陛下劇院建於一七〇五年，歷經兩次火災與重建，現在依然屹立於原址。她一踏進劇院，立刻就說：

「這就是倫敦的京都南座嘛！不過，還是南座的歷史比較悠久，那裡可是在慶長年間[5]就有了……」

噢。

竟然把日本最古老的劇場抬出來比較，外婆果然是忠實的歌舞伎粉絲。

沒想到外婆會在這個劇場高談闊論京都南座的起源，也就是出雲阿國的歌舞伎表演。我心中有些困惑，但還是點頭附和著。

外婆在這裡也發揮了她獨特的觀察力與審美眼光，稱讚大廳天花板的裝飾：「像寺廟一樣有一種沉穩的美。」

預約觀劇時，我告訴劇場的工作人員，外婆的腳不太方便，工作人員便幫我們準備了方便進出的座位，這份體貼讓外婆大為感動。

除此之外，因為「飲料吧要經過一段很陡的樓梯，附近人多擁擠」，所以連

4．倫敦最知名的劇院之一。其劇院名稱會隨著在位君主的性別而變更，外婆與作者訪英時為伊莉莎白二世在位期間，故名為「女王陛下劇院」（Her Majesty's Theatre）。現今隨著查爾斯三世即位，已改名為「國王陛下劇院」（His Majesty's Theatre）。

5．西元一五九六至一六一五年。

飲料都是由工作人員替外婆點好，直接送過來。喜歡受到特殊待遇的外婆，在音樂劇上演前就已經心情大好。

我有點擔心外婆會因為情緒太過亢奮，看到一半就睡著。還好後來證明，這只是我在杞人憂天。

外婆從頭到尾都把眼睛睜得大大的。

說得也是。在我的印象中，倫敦的《歌劇魅影》主角群，演出狀態時好時壞，落差很大。狀態不佳的演員們會極力彌補自己的不足……但是外婆與我觀劇的這天，魅影、克利絲汀和勞爾，每個演員都是狀態絕佳。

再加上，我事前已經將歌劇魅影的故事，根據場景劃分、相當詳盡地講解給外婆聽，因此即使是完全不懂英文的外婆，也能理解舞台上發生的事，好好的享受這場音樂劇。

中場休息時，我們理所當然地買了到場內販售的冰淇淋，外婆邊吃邊說：

「這齣劇全部都很棒！不只是演員，交響樂的音質也很好。演奏前，指揮露臉向觀眾打招呼，真的很可愛。劇院的音場也很好，還有那個大水晶吊燈，如果不是在這裡，就無法呈現它真正的美！」

外婆的讚美就像機關槍一樣火力全開，我根本連附和的空檔都找不到。

太好了，她很喜歡這齣劇！

外婆的座右銘是：「嗜好，也要用盡全力享受！」能樂、謠曲她都是跟一流的專家認真地學習，也培養出良好的品味，因此她對所有的音樂歌曲都非常嚴格。

我還記得小時候，外婆來聽我的鋼琴發表會，她給了我一句十分嚴苛的評語：「彈成這樣，真虧妳有勇氣在大家面前表演。」在我幼小的心靈留下了創傷。這次帶外婆來觀劇，我心裡也是七上八下，還好外婆很喜歡，這才讓我放下了心中的大石頭。

而且，在眾多演員中，外婆最注意的是吉瑞夫人。這個角色不僅嚴格指導上台的年輕舞者，也知曉潛伏在黑暗中的魅影的祕密。

吉瑞夫人一頭束得緊緊的黑髮，穿著一身清心寡慾的黑衣，想要引起眾人注意時，就會用手杖敲擊地板。她總是一臉嚴肅，背挺得筆直，說話氣勢逼人……外婆第一次看這齣劇就注意到這個角色，真不愧是外婆，眼光獨到。

事實上，無論何時在哪裡看《歌劇魅影》，能演吉瑞夫人的都是演員中技高一籌的實力派。

雖然吉瑞夫人樸實無華，但她必須同時表現出嚴格、強悍與可怕，以及引導、守護學生的溫柔體貼，還有對魅影的依戀、厭惡、掙扎與苦惱等等複雜心境，是一個和魅影一樣不好演繹的角色。

「那個穿黑衣的女人，就是這齣劇的基石。她是全劇的軸心，其他人都在她的周遭自由行動，如果軸心不夠穩固，整齣劇就完了。」

這是外婆對吉瑞夫人的評語，我聽了十分佩服。

這個著眼點和評論，實在太一針見血了。

老實說，我是在這個瞬間才重新認識了外婆這個「驕傲又任性的麻煩老太太」，發現她其實是個「腦中有著龐大的記憶與知識、偉大的人生前輩」。

「妳真厲害。」

我不由自主地脫口而出。外婆一臉「這又沒什麼」的表情，自信滿滿地說：「音樂劇雖然是第一次看，但我看過很多別的舞台表演啊。」接著又說：

「對了，趁我還沒忘記，妳快打電話去哈洛德百貨。」

「打電話去哈洛德百貨？為什麼？」

我有點驚訝。外婆嚴肅地回答：

「我要改昨天訂做的拐杖。我想要一把跟那個人一模一樣的。」

喂喂喂，妳竟然想在名滿天下的哈洛德百貨訂做吉瑞夫人的週邊商品！

話雖如此，外婆只要話說出口，就不會聽勸。我只好趕快聯絡哈洛德百貨，語無倫次地請親切的店員幫我修改手杖的設計。

相信各位讀者都能猜到，當我們回國、收到拐杖之後，外婆總是用一臉「我就是吉瑞夫人」的威嚴氣勢與得意表情使用它。

這天晚上還有另一個重要的活動，因此看完音樂劇，我們沒有去逛街購物，而是立刻回到飯店稍事休息，準備再次外出。

「我學了煎茶的泡法，今天請喝喝看我泡的煎茶！」

我們的管家提姆竟然認真準備了美味的煎茶，外婆和我都十分驚訝。

提姆使用的茶具也不是西洋款式的茶杯，而是日本製的茶托與日式茶杯。

「我聽說這是日本的傳統茶點，所以準備了一些，聽說它可以恢復疲勞。

不過，我剛剛試吃了一點點……恕我直言，這真的是點心嗎？我以為它是風味溫和的水果乾，但它的味道……很有衝擊性。」

提姆的語氣聽來有些惶恐。他遞上了一個漂亮的小盤，上面盛著的竟然是大顆的酸梅。

和外婆從日本帶來的小顆脆梅不同，提姆端上來的似乎是南高梅。它的外觀飽滿，賣相不錯。

我心想，這或許是用蜂蜜醃的，但咬了一小口之後，發現並非如此。

這是鹽分濃度頗高的古典派酸梅。近年來人們愈來愈重視健康，日本也愈來愈少看到這樣的梅子了。

「茶點跟配茶的醃漬物還是有點不一樣的。」

我一時想不出來這句話用英文該怎麼表達，內心有點困惑。沒想到外婆馬上就把梅子放進嘴裡，結果梅子比她想像得還酸，外婆的嘴巴像漫畫人物一樣變成了「＊」字型，看起來很滑稽。我想到提姆試吃的時候，他的嘴巴一定也變成了這樣，於是更加想笑。我心裡一下子出現太多的情緒，忙得不得了。

不過，我們的旅程也來到了半途，提姆想到我和外婆一定很疲憊，特地準備日本的食物讓我們消除疲勞。他有這份心意，我很高興。

我打從心底誠懇地對他致謝：

「真的很美味。謝謝你。」

喝了濃濃的煎茶、吃過酸梅之後，我覺得自己的胸口確實舒暢了一些。

然而，外婆卻是一臉享受地喝著煎茶，一邊對提姆這麼說：

「茶和梅子都很美味。不過，茶點還是要選乾菓子[6]……不，羊羹會更好。它可以久放，而且切成不同的厚度還可以調整份數。」

我很猶豫要不要翻譯外婆這段話。

6．水分含量少的和菓子。

因為提姆對我們真的很體貼，但他並沒有要求我們給他建議。

外婆似乎是從我的表情看出了我心中的猶豫。她表情嚴肅地對我說：

「如果真心感謝一個人，就不能坐視他的小缺點。有些人確實喜歡酸梅，但甜的茶點更符合大眾喜好。妳要說出來，下次提姆接待日本客人時才不會丟臉，他的體貼也才會有回報。」

聽外婆這麼一說，的確也有道理。

可是，提姆聽了不會不高興嗎……？

我心裡還是有點掙扎，但外婆用嚴肅的語氣催我：「快點說！」我這才不情不願地跟提姆說，配茶應該要用羊羹。

我開口說了之後……

提姆很專心地聽我說話，他沒有生氣，沒有感到遺憾，態度也沒有畏畏縮縮，他只是很自然平靜地接受了外婆的意見。

「原來如此，酸梅跟茶點不一樣。茶點要選羊羹……請問羊羹就是beans pudding嗎？」

聽到他這麼問，我腦中的疑問終於解開。

beans pudding！

我想起當年迪士尼樂園剛蓋好時我去玩，發現園內賣的土產竟然有羊羹，盒子內側的標籤上寫的就是「beans pudding」。我腦中浮現那些迪士尼角色的臉，同時點了點頭。

「沒錯，沒錯。你在哪裡吃過嗎？」

聽到我這麼問，提姆露出淘氣的笑容回答：

「在皮卡迪利圓環附近的壽司店。它跟壽司一起放在迴轉檯上，切成大概這樣的薄片，兩片一起放在盤子上，吃起來又甜又黏，確實和日本茶很搭。」

沒想到倫敦迴轉壽司店，竟然甜點還有羊羹可選。這選擇真是樸實無華。

然而，提姆用拇指和食指比出的羊羹厚度，跟偏薄的紙箱差不多。

太薄了！根本沒有存在感！

我把提姆說的話翻譯給外婆聽，外婆一聽，她的眉頭狠狠地皺了起來。

「不行不行！在這裡工作的人，一定要知道真正一流的羊羹。妳告訴他，等我們回日本，就會馬上把『虎屋』的『夜之梅』寄來。這種羊羹要切得厚厚的，再配一杯澀一點的茶。順便也寄點我喜歡的『一保堂』茶葉。」

外婆所說的「寄給提姆」，意思大概就是「母親去買，我去寄」吧。這就先別管了。

我能理解外婆的想法，她是真的為了提姆好，希望他能品嚐到自己所知的「最高級的美味」。

我也希望提姆能懂外婆的這番心意。我懷抱著這樣的心情翻譯完後，提姆露出欣喜的微笑，對外婆恭敬地行禮致謝。

「謝謝您，我很期待品嚐夫人推薦的茶點。下次遇到來自日本的客人，我一定會端出美味的beans pudding招待，還會告訴他們，這是一位高雅的淑女教我的。」

聽到提姆說她是「高雅的淑女」，外婆滿臉笑意。

「那很好。不過，如果客人不喜歡吃甜食，或是早上剛起床，你就給他們吃這個好吃的酸梅吧。它真的很美味。你買到好東西了。」

提姆聽了立刻說：

「謝謝您的稱讚。這不是我的功勞，是店員的功勞。」

我終於放下心中的大石頭。外婆和提姆的互動氣氛良好。

我想，旅程結束後，外婆大概再也不會來英國，也不會再見到提姆了。但是因為提姆的這份心意，從今以後外婆在日本吃酸梅時，就會想起他。提姆在壽司店看到羊羹……beans pudding時，或許也會想起外婆。

外婆牢牢地掌握了這一生一期一會的緣分。我想學習她的精神。不，是我一定要學習。

雖然內心是這麼想的，但直到現在，我依然是遇到麻煩就會悄悄逃走的軟弱孫女。如果外婆現在在我身邊，她一定會罵我沒用。

總而言之，在意想不到的地方品嚐到日本的美味之後，外婆與我精神一振。接著，我們盛裝打扮，換上整趟旅程中最華麗的衣服，在太陽完全西沉以後，動身前往維多利亞車站。

9 外婆公主在列車上成為貴婦

Princess Grandma goes to London

說到倫敦的維多利亞車站，它就像是我的一位老友。

以前我居住在布萊頓，若要前往倫敦的話，就是得在維多利亞車站下車。

小小的街道、山丘、羊、池塘、溪流、教會、羊、山丘……當這些英格蘭的鄉村風景，突然變成新舊交雜的大型建築物、綠意開始大幅地減少時，就是快到維多利亞車站了。

今天要做什麼呢？

去美術館盡情欣賞喜歡的畫作？

到博物館漫無目的地閒逛？

在倫敦動物園可愛的企鵝池前坐到傍晚？

在公園的長椅上等松鼠出現，好像也不錯。現在回想起來，當時我使用時間的方式真是奢侈。閒暇的時光真是太棒了。

從列車下到月台（當時必須先打開窗戶、再伸手從外面自行打開車門，這真是令人懷念的設計），雀躍地踏出輕巧的步伐，在天花板挑高極高的維多利亞車站內漫步，是我無論何時都很喜歡進行的一件事。

但是，今晚有點不一樣。

我和外婆都是盛裝打扮。

尤其是外婆，她穿上了法國名牌LEONARD又輕又軟的洋裝，披了一件蕾絲開襟外套，再穿上一件較薄的大衣。

洋裝是LEONARD最拿手的鮮艷色彩植物花紋，相當華麗。喜歡樸素風格的我，至今還是連碰都沒辦法碰它。

外婆卻是塗上不輸給華麗洋裝的正紅色唇膏，將一頭白髮梳成雲朵般的造型（是我幫的忙），她看起來雍容華貴，令人眼睛一亮。

現在回想起來，我還是覺得那天的外婆真的很美。

為了今晚的盛裝，她還特地從日本帶來珍藏的西陣織手拿包，和鞋底平坦、但造型優雅的鞋子，令我大吃一驚。

真是幹勁滿滿！

我則是換上來到倫敦後，在陪外婆購物時，外婆以「至少也要穿這種像樣點的衣服」為理由，半強迫我買下的Laura Ashley。這是一套風格保守的套裝，看起來有點像制服，完全不會露出壞女孩的半點狐狸尾巴。

我心想，今晚的我們看起來比平常更像「貴夫人和祕書」。我攙扶著外婆穿過人群，走向二號月台。

走到近處，我開始聽見輕快的音樂。

這是……迪克西蘭爵士樂？在車站？

也太歡樂了吧！

我疑惑地繼續往前走，眼前突然出現了拱門，以及地板上鋪著細長的地毯。

還有穿著時髦西裝的中年大叔樂團。

他們用腳打拍子，搖晃著上半身，滿臉笑容地演奏。

剛剛我聽見的就是他們的現場演奏。

今天從一開始就超級豪華！

其實維多利亞車站的二號月台，是東方快車專用的特別乘車地點。

從我們開始規劃旅程以來，外婆就表示她非常想搭東方快車。

但是搭乘列車旅行，對高齡的外婆來說負擔太重了。

萬一外婆的健康狀況急轉直下的話，可能無法立刻就醫。

既然如此，那就來一趟當日往返的小旅行吧！

幸運的是，東方快車也有懷舊車型的當日來回小旅行專案。

有午餐列車、下午茶觀光列車和晚餐列車可以選擇。

舅舅們似乎是覺得晚餐最豪華，於是幫外婆與我預定了晚餐列車。

等候室裡有香檳可以喝，但是我想盡量縮短在外走動的時間，而且外婆的個性很急。

一到車站，外婆一定想立刻上車，我必須盡量縮短等候的時間，才能減少外婆的體力消耗。

因此，我故意把出發前往車站的時間排得晚一些。果然，我們一到車站不久，就可以辦理乘車手續了。

停在月台上的東方快車，就跟阿嘉莎．克莉絲蒂小說改編的連續劇裡看到的一樣，那是一列既穩重又漂亮的火車。

穿著制服的服務員大叔帶領外婆和我就座。途中，他面帶著親切的微笑，爽朗地說：「我們有很多來自日本的客人喔！大家搭車時都會討論《東方快車殺人事件》，您看過這本小說嗎？」

這次外婆與我參加的是大約三小時的短程旅行，因此服務員帶我們來到的不是客房，而是餐車。

不過，車內的座椅是沙發，我們兩人面對面坐在窗邊，中間是一張固定在車廂內的木桌。

座席的間隔和通道的寬度，絕對稱不上寬敞。但這裡畢竟是列車車廂的內部，因此這樣的配置並沒有問題。

桌子上靠窗的位置裝飾著小小的花朵，桌子上也有自然低調的飾紋，沙發坐起來的觸感稍硬，讓人可以感受到其內部的彈簧。此外，椅面的布料華麗而耀眼。

一切都讓人感覺到古老的英式風情。

因為下身會冷（當天確實滿冷的），服務員送上蓬鬆的膝上毯，這點也讓我覺得很懷念。

「真好，我從年輕時就好想坐坐看這台列車。」

外婆舒舒服服地坐在沙發上，她環顧四周，和其他客人輕輕的點頭致意，露出滿足的微笑。

來到倫敦之後，我總覺得外婆臉上的笑容變多了，原本就莊重威嚴的舉止又多了一股風範，看起來更像一位真正的貴婦。

也許在外旅遊難免令人緊張，不過，把自己當成是「在異國旅遊的日本公主」，或許也是讓外婆精神抖擻的原因之一。

「角色扮演」真的很重要！

此時，列車服務員詢問外婆：

「我們有提供迎賓飲料，您要不要來一杯香檳？」

我翻譯成日文給外婆聽。

外婆沒有看我，而是對著服務員用日文回答：

「我平常不喝酒，但今天很特別，就喝一點點吧。」

我翻譯成英文給服務員。

「Very good, Ma'm.」

服務員對外婆恭敬行禮，面帶微笑離開。

「他說什麼『很好』？」

旅程後半，外婆發現自己其實還懂一點英文，她開始常常這樣問我。

「Very good在這裡是『遵命』的意思。」

「原來如此，之後他又說了什麼？」

「他說，等等上香檳時會一起端水過來。」

「真周到，不愧是東方快車。對了……」

「妳要上廁所，對吧？趁著列車開動之前去會比較安全。我先去看看廁所有沒有人。」

我漸漸的掌握了外婆的行動與生理作息時間，和旅程初期相較，現在我引導外婆去廁所的技術高明了不少。

東方快車的廁所，內部裝潢都是色調沉穩的木質，地板則是馬賽克磁磚，空間狹窄到令人吃驚，但是打掃得非常乾淨，高雅又整潔。

在等外婆上廁所的空檔，我在小小的白色洗手檯打開水龍頭，試著放了一點點水，嗅聞香皂盤裡小塊香皂的香味，欣賞插在牆壁花瓶裡的小朵紅玫瑰。

當我扶著外婆回到座位上，飲料已經準備好了，列車也正好緩緩地開動。

我和外婆說著：「這一定是這趟旅行中最值得記憶的一段。」兩人拿起香檳乾杯。

東方快車雖然很優雅，但開起來比我想像中還要搖晃。

連杯中的香檳都盪起了波浪，外婆和我也嚇了一跳。

說起來，這輛列車是行駛於鋪在地面的細條鐵軌上，會搖晃也是理所當然的。而且，列車本身也很有年代了。

然而，我和外婆搭慣了日本平坦滑順的新幹線，還有在列車晃動前會特意廣播提醒旅客注意的傳統鐵道。東方快車的搖晃程度，著實讓我們有些吃驚。

來自世界各國的其他乘客多多少少也有同樣的感覺，各處都傳來波浪般此起彼落的驚呼聲，相當有趣。

雖然車廂內如此搖晃，但是過不久，晚餐便開始了。

所有的料理都是一道一道分開，盛裝在印有東方快車專用商標的白盤子上，由服務員端上來。

坦白說，和貴到出奇的車票相比，料理相當普通。

當然，以列車上的餐點來說，它們算是十分精緻，但無論菜色、擺盤還是調味，都沒有值得描述的地方。

雖然美味，但沒什麼特別之處。

不過，在搖晃得厲害的車廂內，服務員上菜得非常有技巧又不失莊重。

這是我唯一想要好好讚美的地方。

在光是站著都會搖晃的車廂裡，他們特地來到桌邊，從大大的湯桶裡面替我們盛湯。這一幕讓我忍不住屏息。

湯是帶著些許咖哩風味的南瓜濃湯，我的心驚膽跳也成了上好的香辛料，讓它成為整套晚餐中最美味的一道料理。

主餐無論是魚或肉，都是以復古風格上菜，由一位服務員專門放上加熱過的盤子、一位盛放主餐與配菜，而另一位負責淋上醬汁。

他們在狹窄的通道上一個接一個來回穿梭替乘客服務，煞有其事的模樣，令人不禁莞爾。

外婆一面笑，一面小聲對我吩咐：「小費，快給他們小費。」

然而，服務員的雙手都很忙碌，我沒有當場給小費，而是在稍後寫了一張道謝的小紙條，摺成紙鶴遞給他們。

這是飛機上的空服員導師教我的小祕訣，飯店的房務員也很喜歡。

外婆是個美食主義者，也許她覺得在這裡挑剔料理的味道，實在太過不解風情，不但把菜餚都吃光了，甚至不吝給予讚美：「在列車上能做出這樣的菜，真是了不起。」

最遺憾的還是，這是一台晚餐列車。

即使知道它現在行駛在英國東南部的鄉村，外面還是什麼都看不見，因為現在是晚上。

如果是日本，應該能看到還不錯的夜景，但英國的鄉下，就真的是鄉下。

窗外幾乎是一片完全的黑暗。

老實說，這樣不管是在哪裡行駛都一樣。

我甚至開始想著，用餐時還不如停下來，大家也比較輕鬆……但東方快車可沒有偷懶，列車還是持續行駛，不斷搖晃，乘客也繼續在令人膽顫心驚的上菜服務中用餐。

終於吃完甜點，我以為接下來無事可做，一定會很無聊。但是，東方快車真不愧是東方快車。

車上準備了幾個表演，讓乘客可以一邊飲用餐後的咖啡或紅茶，不用離開座位就能一邊欣賞。

由吉他手、小提琴手和長笛手組成的歡樂三人組，會巡迴各桌、輪流演奏乘客點的樂曲。

神祕的女占卜師化著埃及豔后般的妝容，使用塔羅牌幫乘客算命。

年輕英俊的魔術師利用撲克牌和硬幣，恰到好處地借用乘客的手，表演出色的桌上魔術。

雖然是有些古老又樸素的娛樂，但非常適合古典的列車之旅。即使車窗外沒有景色可以眺望，三小時的小旅行也很快地便來到了尾聲。

根據占卜顯示，我和外婆的旅遊到最後一天都會安全又平和。我聽了很開心，但仔細想想，平和……？這趟旅程中好像沒有哪一刻是「平和」的。

閒話休題。列車又開回維多利亞車站，和乘車時一樣，我們在服務員的引導下離開座席。

外婆在列車的入口停下腳步，看著剛剛坐的位子，似乎很捨不得地說：

「這要是拍成電影，像我這樣來自日本的高貴老婦人，一定會被殺掉……可是卻什麼事也沒發生。算了，反正這裡也沒有名偵探，我們就回去吧。」

等等，剛剛搭車時妳都在想這種事情嗎？

外婆天真無邪的幻想實在太可愛了，我忍不住笑出聲來。

如果真是這樣，我這個樸素又不起眼的祕書外孫女，說不定意外地能做出許多切中要害的推理，讓名偵探也大吃一驚。

這樣不是很帥氣嗎？

「車上沒有名偵探，真是太遺憾了。」

「要是真的有，我就會死掉了啦。」

我和外婆聊著無關緊要的話題，帶著彷彿從一場美夢中回到現實世界的心情，走向計程車乘車處。

10 外婆公主給秘書孫女的人生建議

Princess Grandma goes to London

我記得，從宛如美夢的東方快車之旅回到飯店時，時間已經很晚了。

「唉呀，真是累死我了！」

外婆在計程車裡就已經隨著顛簸的路程左右搖晃，還接連打了許多個呵欠，一回到房間，便直接跳上床。

外婆那雙閃亮亮的漆皮平底鞋東倒西歪地躺在地毯上，光看這雙鞋的樣子就知道，她已經把最後的力氣都拿來脫鞋了。

雖然我立刻衝進浴室放熱水，但外婆似乎已經沒有力氣洗澡了。

算了，反正也不是會流汗的季節，明天再洗也沒關係。

不知道是老人都這樣，還是時差的關係，外婆起得非常早，就算她喝一杯早茶、再慢慢的泡澡，要趕上早餐時間，還是綽綽有餘。

不過，我覺得穿著華麗的外出服睡覺，身體恐怕無法充分休息，於是辛辛苦苦地從躺成大字型的外婆身上一件一件幫她把衣服脫下來，再幫她換上睡衣。

外婆只有偶爾會稍微抬起手腳，她一臉嫌麻煩的樣子。其他時間就是緊緊地閉著眼睛。

我心想，這真是一尊「又軟又重的假人模特兒老婆婆」啊……終於，在扣上睡衣的最後一顆鈕扣之後，我發現外婆的眼睛還閉著，但她的眉頭皺起，表情兇惡地小聲嘀咕著什麼。

「妳在說什麼？是要留下遺言嗎？」

如果這是時代劇，現在一定是外婆臨終前的最後一幕。因此，我忍不住這麼問。外婆聽了立刻睜開眼睛，堅決地說：「還沒到那時候。」接著她又說：

「妳快幫我卸妝。」

咦？在床上卸妝嗎？

「妳還是要到浴室洗臉啦……」聽到我這麼說，外婆反而用憐憫傻子的眼神看著我。

咦？我說了什麼奇怪的話嗎？

外婆一副嫌麻煩的樣子。她的右手舉高了十公分，指著浴室的方向。

「那裡有我的黃金乳霜，去幫我拿來。」

「黃金乳霜」是什麼東西？

我不太懂，只好照著外婆的指示，在洗臉檯附近一整排外婆的化妝品裡尋找，才找到一個圓形的小小容器，上面寫著「黃金乳霜」。

我打開蓋子聞了一下。噢，這就是戰前女性的香味。

容器的設計也充滿了昭和風情，讓人想起那個已經逝去的年代。

這種東西到底是去哪裡買的……我內心不禁感到疑惑，但是外婆還躺在床上等。我爬上床，原本想盤腿坐，但是想起自己還穿著套裝，只好規規矩矩地跪坐著。

「我找到了，這是冷霜嗎？」

「乳霜大都是冷霜啦。妳幫我在臉上多塗一點，然後按摩，按到白色粉底全部融化開來。」

「喔……所以這是卸妝霜囉？」

我照著外婆的吩咐，用手指挖了一大坨乳霜（觸感還真的滿冷的），在外婆的臉頰上堆成一座小山，再抹開到整張臉上。

這種感覺好奇妙。

回想起來，除了嬰兒時期沒有記憶之外，我在懂事之後，從來沒有機會觸碰外婆的臉。

和外婆一起開始這趟旅程之後，我為了照護外婆，會在許多場合碰觸到她的手和手臂，但是摸她的臉，還真的是人生頭一遭。

外婆臉頰的肌膚非常冰冷，又薄又軟，卻沒有彈性，摸起來感覺有點像加熱過的牛奶上面的那層薄膜。

跟牛奶的薄膜不一樣的是，外婆的肌膚不會黏在我的指尖上。

我仔細地塗抹乳霜，用指尖繞著圈按摩來卸除粉底。與其說是摩擦著人類的肌膚，更像是搓揉著一種纖細的皮膜，總令人覺得不安。

「這樣可以嗎？」

我不安地開口詢問，外婆依然閉著眼睛，語氣嚴厲地說：「妳要再仔細一點，每個角落都要按摩到，別讓白色粉底留在我的臉上。」

「妳好認真喔，我要是累了都用拋棄式卸妝巾擦一擦就去睡了。」

我對外婆的頤指氣使有點傻眼。沒想到此話一出，外婆反而用讓我更加傻眼的語氣回答：

「妳這樣以後會後悔的。我年輕時可是每次洗澡都會用米糠袋好好的擦拭全身，所以我的皮膚到現在都保養得很好。」

也是啦。

從這趟旅程開始，外婆這股高漲的自信和超高的自我肯定，就一直讓我目眩不已。這實在太不可思議了，我忍不住問外婆：

「為什麼？」

「我不知道為什麼啦，是我母親跟我說的，只要用米糠擦澡，皮膚就會變白變細。」

「不是啦，妳說的那個我也有聽過。妳的皮膚確實現在還是很白，但我不是要問這個。」

「那是要問什麼？」

「我想問妳，為什麼妳總是自信滿滿，完全不會遲疑，每次說話都是斬釘截鐵，又覺得自己是個大美女。太厲害了，我也好想遺傳到妳的超強基因。」

外婆繼續讓我按摩她軟軟的臉頰。她用手指著眼睛周圍示意著「這邊要更仔細一點」，接著用理所當然的語氣回答：

「我可不覺得自己是天生的美女，所以從年輕時，我就一直努力想變美，保養肌膚讓它變白，鑽研化妝技巧，努力找出適合自己的髮型和服飾。」

「那是很了不起啦，可是努力也不見得會有成果啊。」

「如果妳不努力，就會一直是零分。如果做了一百次努力，至少有一分或兩分吧。就算只進步一分，妳也會跟原來不一樣。」

「真的嗎？聽起來很徒勞無功耶。」

「妳就是打從一開始就放棄，所以一直都是醜小鴨，這樣連零分都無法保持，皮膚會晒黑，妳還偷懶不保養，連打扮也不打扮，接下來就會變成負五分、負十分了，不是嗎？」

「嗚……」

我忍不住發出奇怪的聲音。不是從我的喉嚨，而是從胸口。

就連按摩外婆眼角的手指，都不小心加重了幾分力氣。

「妳自己要是真的不在意，那也無所謂。但妳不是真的不在意，對吧？妳在意別人的眼光，也在意自己的外表。妳羨慕別人是天生的美女。」

「嗚嗚……」

我發出的已經不是回應，而是呻吟。外婆似乎完全看穿了我的自卑情結。

「但是妳卻什麼也不做，這根本就是放棄自己、折磨自己。這樣才不可能變漂亮。妳至少應該努力一下，這樣照鏡子時看到自己比昨天又美了一點，才會開心啊！」

「唔……」

「變得更美、更厲害、更聰明。相信自己，持續努力，結果就是妳會擁有自信。」

外婆說這些話的時候一點也沒有猶豫，也絲毫沒有一點驕傲。

不論是家務、育兒，還是嗜好，外婆都是全力以赴。對於這樣的自己，她既受人信賴又備受尊敬，她那股威風凜凜的氣勢也是由此而來。

這既不是羨慕就可以得到的，也不是可以從DNA繼承的。

之前我總覺得外婆趾高氣昂，又莫名其妙地很有自信，現在想想，有這種想法的我才真的是丟臉。

知道外婆那一點都不莫名其妙的自信來源和理由之後，我因為感嘆和自我厭惡，一句話都說不出來。外婆則是繼續毫不客氣地命令我：

「好了好了，妳去準備熱毛巾過來幫我把臉擦乾淨。」

啊，原來是這種卸妝方式，我懂了。

我在浴室打開熱水，弄濕毛巾後扭乾，接著把熱毛巾敷在外婆臉上，過一會兒再擦掉黃金乳霜。外婆素顏雖然臉上有皺紋，肌膚也已經失去了彈性，但仍然十分白淨。

看了我也能明白，外婆對於自己長年努力才得到的美麗肌膚十分自豪，也打從心底覺得自己的皮膚很美。

「妳確實做什麼都是全心全意，所以才對什麼都很有自信。」

「對呀，自信這種東西，有總比沒有好吧。」

「確實是這樣啦，最好多到還可以拿去賣。」

「妳還年輕，從現在開始很多事都要多努力。」

「好啦。」

我和終於張開眼睛的外婆對看，感覺到自己的臉上浮現了這趟旅程以來第一次打從心底的微笑。

一臉素顏的外婆，也露出了耀眼的笑容。

這種感受很奇妙。

直到現在，我只要回想起當時的情景，還是會眼角泛淚。

這天晚上，是我和外婆第一次、也是最後一次坦誠相對，促膝長談。

為什麼外婆還在世的時候，我沒有多見她幾次呢？

明明我們曾經有一瞬間是如此地親密，後來為什麼又變得疏離又淡薄？

我現在只有說不盡的悔恨，但至少我和外婆曾經有過這個夜晚。

我和外婆兩人的談話、還有外婆教我的事，至今還是我非常珍貴的寶物。

卸妝完畢後，接下來只需要用化妝水和保濕霜保養肌膚。

「啊，真舒服，清清爽爽的。」

外婆說完這句話的五秒鐘後，就發出了熟睡的健康鼻息聲。

「妳還沒說謝謝耶？還有妳可以給我小費啊？」

我小聲地在外婆耳邊說，但是她沒有回應，睡得很熟。

一如往常，外婆說睡就睡，速度快到令人吃驚。

或許是因為今天的觀光行程實在太過充實，外婆累了，睡著的速度也比平常更快。

好！今晚也到了我的深夜自由時間。

我依然穿著套裝，只帶錢包，躡手躡腳地溜出房間。

都已經這個時間了，當然沒辦法出去夜遊。

今晚，我的目的地是飯店大廳一角的公用電話。

當時，還是必須使用公用電話才能聯絡別人的時代，通話需要硬幣，或是一張又硬又厚的四角形卡片，日本叫它「電話卡」，英國叫它「phone card」。

我拿起話筒，把電話卡插進卡槽，一一按下寫著數字的按鈕，撥打電話。這裡的撥號音和日本不一樣，嘟……嘟……響了幾聲之後，我從貼在耳朵上的話筒裡聽到了令人懷念的聲音。

「哈囉？」

我一整天都只聽到外婆的聲音，很高興終於能和親密友人暢快的聊一些無關緊要的話題。回應了對方的招呼後，我用英文開始了連珠砲般的對話……

「唉……」

我想我們大概足足聊了一個小時之久。

結束通話之後，我嘆了一口氣，將話筒掛回去，接著穿過飯店大廳，準備返回房間。

已經過了午夜十二點，因此站在入口大門對面的不是平常那位門房，而是一臉睏意的年輕行李員。

櫃檯也沒有看到飯店員工，桌面上只放著呼叫鈴。

看不到其他旅客的身影，平常熱鬧的大廳只有我一人，感覺有些奇妙。

我在一片寂靜中抬頭看向大廳中央的巨大花瓶，還有瓶裡大量的紅玫瑰。

我深深吸了一口氣，胸中滿是玫瑰芳醇的香氣，令我有些頭暈目眩。

獨自住在城堡裡的公主，就是這樣的感覺嗎？

或許因為跟外婆公主一起旅行，我腦中開始浮現根本不符合自己身分的妄想。但這時，背後突然有人叫我的名字，害我嚇了一大跳。

我慌忙回頭，發現站在眼前的是我們的管家提姆。

「晚安，看來今晚妳是個好女孩。」

提姆面帶笑容向我打招呼。看到他還穿著平常那套體面的制服，我又吃了一驚。

「你還沒下班嗎？」

他聽了，依然微笑著回答：

「我今天要上夜班。我們晚上會輪流值班，處理旅客的需求。不過，如果什麼事都沒有，就可以小睡一下。我現在剛好要去值班室。」

原來如此！

這麼說來，旅途的第二天晚上，外婆不小心讓浴缸的水溢出來，當時帶著大量毛巾快速進來處理狀況的不是提姆，而是一個年紀更大的管家。

「希望你今晚能睡久一點。」

「真的！如果明天早上我看起來很睏，請妳慰勞我幾句。」

提姆說著，眨了眨眼。他的臉上完全看不出疲倦，我心裡很佩服這種服務業的職業精神，提姆卻歪了歪頭看著我的臉。

「妳看起來沒什麼精神，是東方快車小旅行玩得不開心嗎？」

專業的服務業人士真是太厲害了……

提姆竟然在這麼短的時間內就看出我的情緒低落，我半是佩服半是認輸地老實回答：

「東方快車很開心，只是我剛剛打電話給以前住在布萊頓的室友……」

「唉呀，那真不錯。」

「對，但是他明天晚上本來要來倫敦。」

提姆原本很有禮貌地聽我說話，他聽到這裡突然一隻手托住臉頰、眼神帶著一點淘氣悄聲地問我：

「他（He）……是妳的男朋友嗎？」

「嗯……有點像，但也有點像是靈魂伴侶。」

聽到我的回答如此曖昧不明，提姆笑了一下，但是他立刻就回復成工作時的表情。

「這種關係真不錯。他發生什麼事了呢？」

「他臨時有無法推掉的工作，最快也要晚上十點才能結束。如果那時才要出發到倫敦的話，時間實在太晚了。」

「雖然班次不多，但那個時間還有火車。」

提姆說，但我聽了只是無力地搖頭。

「明天一早他有工作，還必須開車送貨，我不希望他勉強自己來見我。」
「確實如此，那換成妳去布萊頓一趟呢？」
「我也有想過，但火車常會誤點、取消班次，或是變更終點站，對吧？」
提姆聽了我的回答，露出有些誇張的愁苦表情，兩手一攤。
「沒錯，搭火車旅行有點像賭博，很有可能無法到達目的地或是回不來。要是夫人半夜醒來時，妳還沒回來，她一定會非常慌張。很遺憾，明天晚上我不在，沒辦法幫妳找個理由瞞過夫人。」
提姆說著，原本看向我的視線移向花瓶中的玫瑰。他接著又說：
「而且深夜的火車上有各式各樣的人，考量到安全，我也不建議妳搭乘。雖然也可以選擇搭計程車，但年輕女性獨自搭深夜的計程車……」
「很難保證安全，對吧？而且車資也太貴了。」
聽到我毫不保留地直接說出來，提姆一臉同情地安慰我：
「一定還有機會見面的，抱歉，我只能說這種話。」
我心裡湧出一陣陣的悲傷，很想擺脫這種情緒，於是望著玫瑰點點頭。

「其實我這次來英國的原因之一，就是想跟他見面。真的很遺憾，這個願望已經無法實現了。但我一定很快就會再來的。」

「是啊。到時候妳再來這裡住吧。」

「以我的財力沒辦法啦。」

「那妳就努力工作賺錢，或是下次也跟夫人一起來呀？壞女孩，我一定會幫妳加油的。」

我嘴上說著沒關係，但是心情依然低落。或許提姆是顧慮我的感受，笑著說了兩句俏皮話。

這間飯店員工的溫暖與體貼，真的給我許多的幫助。

其實我還想再多聊幾句，但實在不能再佔用提姆小睡一下的時間了，於是主動對他說了「晚安」。

「晚安，明天門房知道妳今晚是個完美的好女孩，一定會很高興的。」

提姆說完便轉身離開。我目送他挺拔的背影遠去，試圖整理自己的情緒，但還是難掩心中強烈的落寞感，就這樣回到了外婆沉睡的房間。

11 外婆公主想要午茶時間

Princess Grandma goes to London

「這是我們最後一天住在英國了喔。」

早餐桌上，我這麼一說，外婆一面優雅地喝著奶茶，一面發出了「唉呀」的感嘆。

外婆拿杯子的方法不知是在哪學的，她不是用食指穿過握把，而是以拇指、食指和中指將握把夾住。

真是皇家風範！沒想到她連這種小地方都完美扮演了「公主」。

「已經過了這麼多天了啊。」

「是啊。」

「我想再待久一點，延長個兩、三天應該可以吧？」

「國外旅遊沒辦法這麼輕易變更日期啦。又不是到有馬溫泉玩，還有航班要安排啊……很多東西都要預約。」

還有，錢也是問題啊！雖然錢不是我出的。妳知不知道這裡住一晚要多少錢？唉，這種小氣鬼的台詞，我確實沒辦法在公主面前說出口。

聽到我用曖昧不明的說法拒絕多住幾天的提議，外婆露出不滿的表情抱怨著：「妳真是不知變通。」就在這時，每天早餐一定會見到的爽朗陽光西班牙裔侍者出現在我們面前。

他將一頭捲曲的黑短髮抹上許多髮蠟，梳成大油頭，年輕、英俊又友善，而且彬彬有禮。他是我們住在這間飯店的期間，外婆非常喜歡的員工之一。

「夫人，今早我偷偷溜進廚房，替妳找到最大顆的哈密瓜，請慢用。」

他說著，把一盤照慣例「切半去籽後塞入草莓的哈密瓜」端到外婆面前。

這原本是客人必須自己去自助餐區拿的餐點，或許是因為侍者顧慮外婆的腿不方便，同時也擔心「讓這個笨拙的祕書去拿，說不定哪次端著它就跌倒了」。因此每天早上，他都會幫我們送過來。

外婆的牙齒也不太好。英國的吐司雖然薄卻很有嚼勁，對外婆來說，咀嚼起來有些吃力。
軟綿可口的水果，一個小小的香甜輕巧的丹麥麵包，加上兩杯紅茶。
這樣的份量對外婆而言，就是剛剛好的早餐。
「中午和晚上我都想吃好吃的東西，早上不要吃會飽的麥片或優格。」
「果汁？吃水果就夠了。草莓淋鮮奶油？這麼做對草莓太沒禮貌了吧！」
「我早上不吃蛋跟肉，腸胃吃不消。」
「魚？我在日本自己烤醃鮭魚都比較好吃，魚就算了吧。」
外婆的這些要求，工作人員都十分尊重。但以他們的立場來說，或許覺得自己還能再做些什麼吧。
侍者端到外婆面前的哈密瓜確實好大一顆，幾乎大到超過銀色的盤子。
他一定是為了讓喜歡哈密瓜的外婆高興，特地準備了一個特別大的。
「夫人，就算是您，今天也一定吃不完吧？」
我把侍者這句帶點挑釁意味的俏皮話翻譯給外婆聽，外婆立刻發揮不服輸的個性，奮勇答道：「就算是一整個哈密瓜我都吃得完！」

侍者聽到之後，彷彿舞台演員謝幕般優雅行禮，以稍微有點口音的英語溫柔叮嚀：

「不愧是夫人！不過，還請您不要勉強自己喔！」

接著，他看向我誇張地眨了眨眼。

「今天妳可能沒有平常那麼餓，需要我準備些什麼嗎？」

看來今早的員工會議也很完美！

「昨晚她們參加東方快車晚餐團很晚才回來，壞女孩昨晚是好女孩。」

八成有人在會議上說了這件事……說的人一定是站櫃檯的，或是昨天上夜班的提姆。

不過，侍者也太天真了。

晚上沒有出去夜遊，也就代表我在晚餐後完全沒有吃點心。所以今天早上的我難得地很餓！

平常我的身體並不需要早餐，但是只要出外旅遊，就不知為何特別能吃。

這世界上就是有這種特殊的體質。

旅館的早餐，就是要吃生雞蛋拌飯搭配味付海苔。

但是，這裡是倫敦，如果要吃，就應該吃「英國最美味的」英式早餐才對。

我沒看菜單，就元氣十足地直接點餐。

「我要兩片煎得脆脆的培根、軟綿綿的炒蛋，還有烤蕃茄和焗豆，再加上很多烤得剛剛好的蘑菇！」

「很多烤得剛剛好的蘑菇。」

侍者聽我點菜聽到最後一句，似乎覺得很有趣，跟著複述了一次。接著他說了一句熟悉的「Very good」，便離開了。

外婆正一顆一顆的享用著填在哈密瓜凹洞裡的草莓。我問她：

「今天是預留的空白日，沒有排固定的行程，可以看妳的身體狀況跟心情安排。妳想做什麼？有沒有想去、想看的地方？」

外婆聽了，她一臉認真地回答：

「我已經觀光夠了。」

咦咦咦！真的嗎？

我心裡本來還煩惱著我們沒有好好的觀光，回國後怎麼跟舅舅們報告呢。

外婆只差沒說出「倫敦我已經看夠了」，她用劍客般銳利的眼神看著我，繼續說道：

「我今天想好好的買東西。差不多該去三越百貨了吧。」

「啊，確實是這樣，而且也必須要買土產給大家。」

「沒錯。對了，附近不是有那個嗎？」

「福南梅森？」

「對，對。還有啊，我還沒喝到下午茶呢！」

「……啊！」

我忍不住仰頭看著天花板。

我們住的這間飯店正是以豐盛的下午茶而聞名，但是想在這裡享用下午茶的話，一定要訂位。

而且空服員老師還提醒過我，這裡的下午茶非常熱門。

結果我居然完全忘了要預約。我這個笨蛋！

不過，請容我辯解一下。

我實在是找不到適合的時間點。

英式下午茶的份量十足，若要喝下午茶的話，當天的午餐就要省略不吃，或是只吃一點點就好。

而且喝完下午茶之後，晚上也不太會餓。因此也不需要吃晚餐，或是在稍晚的時間吃一點宵夜就好。

然而，外婆是個美食主義者，晚餐總是想享用豪華又美味的餐點。

我記得在旅程的前半，外婆曾對我說：「不該讓茶和點心這種東西奪走用餐的樂趣。」

而且我也沒有訂位，到後來我漸漸地覺得，或許不用勉強嘗試……

但是為什麼事到如今，外婆卻想起來了呢！

其實現在這間飯店的下午茶因為太受歡迎了，規模已經大幅擴大，供餐時間也從上午一直到傍晚，以兩個小時為一梯次，翻桌率極高。

不過，當時還沒有這麼大的規模，用餐時間的限制也不太嚴格。

因此，想訂到位子，反而比現在更困難。

可是，外婆只要話一說出口就不聽別人的意見，而且她既不會忘記，也不會放棄。

這種情況下，我只能跟我們的管家商量了。

然而，當我們用完早餐回到房間，提姆聽完我的請求，第一次露出為難的表情。

這也是很正常的。

這裡的下午茶連事先訂位都很難預約到，我卻到了當天早上才說，他聽了一定很頭痛。

「對不起，我應該昨天晚上就拜託你的。果然沒辦法嗎？」

我問道。提姆沒有立刻回答我，而是將食指抵在嘴脣上沉思了一下，然後才保持著有些陰沉的表情開口。

「不，不管妳是昨晚說、還是今早說，訂位的難度都沒有差別。我們飯店的下午茶一直都廣受好評。」
「果然是這樣，那就放棄吧，找個其他的地方……」
「不，不可以。」
「咦？」
「不可以這麼輕易就放棄。不然，我就沒有繼續努力的理由了。」
「……啊。」
提姆這麼一提醒，我才發現自己又跟平常一樣假裝我很成熟懂事。
提姆說得沒錯。
如果我真的想實現外婆的心願，想讓提姆聽我無理的要求，就必須先表現出自己的熱情。
提姆溫柔地指正我之後，我想要道歉，他卻彬彬有禮地打斷我，露出了平常的笑容說：
「妳不需要道歉，只要給我『燃料』就好了。我要在那個窄小的空間裡，塞進妳們兩人的小桌子和椅子，妳只要給我需要的『燃料』就好。」

我深呼吸了一下，下定決心，真心誠意地對著提姆說：「拜託你！」

「外婆真的很喜歡這間飯店，不管是這個房間、早餐、晚餐，還是員工們，她都好喜歡。我希望她以後回想起這間飯店時，也能擁有『下午茶的回憶』。」

「Very good!」

提姆臉上帶著深深的笑意，說了剛剛侍者也說過的台詞。

我想，這時的「Very good」大概不僅是「遵命」，還帶有「妳做得很好」的意思吧。

「這正是讓兩位知道妳們的管家有多麼優秀的大好機會，我一定會想辦法的。」

提姆信心滿滿地話說到一半，又突然放低聲量。

「不過……」

「怎麼了？」

「我聽說夫人今天早上吃了一顆很大顆的哈密瓜。」

天啊！消息也傳得太快了吧。

我不禁目瞪口呆，提姆壓低聲音叮嚀：

「我們的下午茶可是難以征服的強敵。請妳勸勸夫人，從現在開始不要再吃任何的東西了。當然，妳自己也是。」

「了解！」

我行了一個笨拙的禮，提姆則是回了我一個英國海軍式的帥氣敬禮，他俏皮地閉起一隻眼睛：

「下午茶作戰就交給我吧，請告訴我你們今天其他的行程。」

我這才發現，今天是我最後一天像這樣跟提姆討論一天的行程，請他幫我們安排各種大小事。

我心裡突然湧上一股寂寞，但還是一面說著：「等外婆餐後休息完，我們會出發到皮卡迪利圓環的『倫敦三越百貨』買東西……」一面看著提姆在小小的記事本上振筆疾書。

12 外婆公主移情別戀壽司

Princess Grandma goes to London

倫敦三越百貨現今已經不復存在。從前，它曾經座落在倫敦的高級地段——皮卡迪利圓環上。

我記得，倫敦三越百貨和倫敦市中心的許多店舖一樣，並非全新的建築物，而是保留了古老又厚重的舊建築，只有內部重新裝潢成現代風格。它並不是一間占地廣大的百貨公司。

不過，在這裡可以直接說日文，非常方便，店內銷售的商品也是日本人喜歡的風格，種類也很多，顏色與尺寸也很適合日本人，非常方便日本觀光客購物、買土產。

倫敦三越百貨不但可以全程協助旅客辦完免稅手續，還能親切提供觀光建議，對日本觀光客來說，它不只是單純的購物地點，而是一個能夠獲得幫助的好地方。

硬要說它的缺點，大概只有店裡的商品都不便宜吧。不愧是傳統、值得信賴又令人安心的三越百貨……

過去幾天，外婆把翻譯的工作交給我這個祕書，和倫敦遇到的每個人都毫不畏懼地直接交流。然而，到了能和日本人店員直接用日文溝通的時候，外婆還是很高興。

「快去借一台輪椅來！」

一進店裡，外婆就直接宣告她要坐輪椅。這也就代表了她不想被雙腳的疼痛絆住，決定要盡情地享受購物的樂趣。

外婆就像遺忘了還有我這個孫女一樣，讓店員推著她的輪椅，詢問店裡推薦的商品。她給孩子、孫子和朋友們一樣一樣地挑選土產，也為自己買了絲巾和小型的版畫。不知何時，連給我的禮物都選好了。

「我要買這個送給妳。」

外婆放在我面前的，是一個橢圓形的浮雕胸針。

材質不是貝殼，而是石頭。

它是一塊淺藍色的瑪瑙，令人聯想到英國皇室御用的瓷器品牌「Wedgwood」，上面以立體技法雕刻一位美麗女性的側臉。雖然胸針看起來很美，但說好聽一點是「古典」，說得難聽一點，就是「很老氣」。

我喜歡休閒風格的服裝，也不太常配戴首飾。這個胸針和我所有的衣服都搭不起來。我完全不知道該怎麼處理這種謎樣的配件。

「這個……」

我很明顯流露出困惑的表情。這時，陪伴我們的女店員微笑發動助攻：

「這可是義大利工匠一個一個手工雕刻、品質絕佳的胸針，妳看看這細緻的雕工，真的很美。」

我想也是啦……！

就連我都可以立刻看出，這是一個非常出色的立體雕刻，與其說是商品，不如用「作品」來稱呼更為恰當。

我不動聲色地把小小的價格標籤拉出來看，雖然比我想像的便宜一點，但還是十分昂貴。

雖然我有特殊場合要參加時，可以配戴它，但只要弄丟了，我就會臉色發白，不知如何是好。

它的價錢就是給人這樣的感覺。

「但是它不適合我啊，應該有其他更適合我的東西吧。」

我委婉地拒絕，告訴外婆：「既然要買，就買我想要的東西吧。例如，那邊那頂男用的狩獵帽就很不錯……」外婆卻打斷了我，語氣還頗為嚴厲：

「這種東西，就是要別人幫妳選的才有價值。」

現在的我大概可以理解，但當時的我還年輕，完全聽不懂外婆的意思。

「咦？既然要買，那不如買我喜歡的東西給我，當作這趟旅行的紀念品，這樣比較好吧？」

聽到我還繼續爭辯，外婆一臉不高興地反駁：

「要是買妳喜歡的東西給妳，等到妳不喜歡它，它就失去意義了。」

「是這樣沒錯，但是收到不喜歡的東西，我從一開始就對它沒興趣啊！」

「就算妳不喜歡，但是藉著這種機會，妳可以擁有長輩用好眼光挑選的真正的好東西。不但是一個回憶，也是培養品味的材料，萬一妳遇到困難，還可以把它賣掉換錢。」

一旁的店員聽著外婆的反駁，點頭如搗蒜地附和：「沒錯，沒錯。」

看這個樣子，就算我說想要別的東西，外婆也不會聽。

雖然我一點也不想要眼前這個雕刻胸針，但「遇到困難可以把它賣掉換錢」，對當時身為剛出道的作家來說，聽起來還滿有道理的。

天啊！現在想想，那時的我真的很沒格調。

然而，醫學大學一畢業，立刻升學進入研究所的我，幾乎完全沒有來自醫師職務的收入，當作家賺到的錢也少之又少，有時就連加值電車月票的錢都快要拿不出來了。

現在回想起來，我正是所謂「窮困導致鄙俗」的典型案例。

「那就……好吧，謝謝妳。」

我想我當時的表情一定一點感謝之情都沒有，也一副不高興的臉。

即使如此，外婆還是又叮嚀了一次：「妳要好好的收著它。」接著，她才和店員說：「這個也幫我包起來。」

外婆並沒有當場把胸針直接送給我，而是在我們回國後，才鄭重其事地透過母親贈送給我。

外婆很清楚，我對這個胸針一點興趣也沒有，也完全不了解它在金錢以外的價值，因此她才透過母親轉送，確保這枚胸針能確實留在我的手上。

如今，外婆已經過世多年，這枚胸針我始終沒有丟掉，現在還好好地放在臥室裡。

後來，在裝潢我現在的工作室時，我確實遇到經濟上的困難，但不知是幸或不幸，當時我的借款遠遠不是賣掉一個胸針就可以償還的。

現在，我整個衣櫃裡也只有一兩件衣服能夠搭配這枚浮雕胸針。

而且，我的膚色和明亮的藍色似乎就是搭不起來，每次我站在鏡子前把它拿出來在胸前比畫，最後都在猶豫之後又放了回去。

因此，一直到現在，我還是沒有配戴過它。

不過，偶爾我想起來時，就會把它從小盒子裡拿出來，一看到它，就會立刻想起當時。

那天，倫敦三越百貨的氣氛舒適又平和，和周遭繁華街道的喧鬧截然不同。

店員們身段柔軟，十分親切。

空氣裡有一股淡淡化妝品、香水的高雅香氣。

我還想起外婆十分自豪的一頭白髮、她的口頭禪「那就這樣吧」、那張彷彿在任何地方都可以立刻入睡的佛像般地面容、她用滿是皺紋但白皙的手靜靜的撫摸著胸針上纖細的雕刻，以及她手上每天早上搭配服裝挑選過的戒指。

我現在懂了，正因為這枚胸針是外婆看中之後為我買的，它才會是這世界上獨一無二的特別事物。

這跟喜好完全沒有關係。

雖然和金錢價值不是完全無關，但也絕對不是最重要的項目。

重要的是，這枚胸針一直保存著只有我和外婆知曉的寶貴時間，它扮演了時光膠囊的角色。

它讓我想起已經逝去的外婆的音容笑顏，也延續了我與外婆的情感。

要是能回到過去。

要是能回到那一天，我一定會坦率地對外婆說：「謝謝妳！」每次我想到這件事，有些苦澀的悔意就會和回憶一起湧上心頭，但是也無計可施。

有些事要有點年紀之後才會懂，但是當你懂時，對方已經不在了。

世間事常常就是如此。

在感傷的同時，我也想起一件多餘的事。

其實，倫敦三越百貨的地下一樓設有日本餐廳。

這裡的餐廳提供精心烹調的便當與壽司，不僅對日本觀光客來說很重要，對住在當地的日本人而言，也是很珍貴的資源。

外婆結束購物後，店員建議她：「您可以到地下一樓的餐廳享用便當，我們的便當裡有生魚片、燉菜和天婦羅，真的很美味。」外婆聽了雙眼立刻發出光芒。

「不過我回日本之後就有很多好吃的店，都來到倫敦了，還吃日本食物，也太無聊了吧。」

雖然外婆嘴上這麼說，但她的腦中八成已經看到了生魚片和天婦羅手拉著手跳舞的畫面。

「但是人家都推薦我們了，就去吃吃看吧？」

外婆說著看了我一眼。

這次，輪到我威風八面地開口了。

「不行！今天下午我們要在飯店喝下午茶。早上還讓提姆勉強幫我們安排位子。」

然而，從不輕易放棄的外婆立刻反駁：

「我只是吃一、兩個壽司，沒關係啦。」

「提姆交代過，早餐後就不可以再吃東西了，所以不行！」

「唉呀，真討厭。」

外婆整張臉都寫著「我現在就是想吃日本食物嘛」。這時，剛剛的店員小聲的詢問：「請問是哪個飯店的下午茶？」

我說出飯店的名字之後，店員驚呼：「唉呀，唉呀！」她雙手捂著嘴高雅地表現自己的驚訝。

「那個飯店的下午茶，可是份量十足……您還是聽您孫女的話，中午就不要吃了。」

銀髮族有一個習慣，雖然他們不聽親朋好友的勸，這種時候卻會坦率地聽從其他外人的建議。

外婆也是如此。她聽了店員的話，態度立刻軟化，直說：「真的嗎？那太可惜了。」

「下次請您一定要來用餐。」

「是啊，只能下次再來了。唉呀，早知道會這樣，我就早點來這裡了。但是已經約好了，也沒辦法。」

外婆或許還有自覺，下午茶是我們勉強提姆幫忙的，因此她沒說出「早知道我就不喝什麼下午茶了」，但她的語調裡還是充滿「都是下午茶害我不能吃壽司」的怨嘆。

這種心情我也懂。

想吃壽司的時候，才不會想到甜食呢。

可是唯有今天的下午茶，外婆絕不會說出「那就算了，我不去」。

因為說出這句話，可是有損「日本公主」的名譽。

我頻頻用眼神示意外婆，我們明天就要回日本了，應該沒有「下次」了吧……我心裡雖然這麼想，但還是覺得必須強調現在不能吃壽司，於是我立刻又說了一次：「我們下次再來。」

「我知道了啦，但是真的很可惜。」

「很抱歉不知道您們的情況，就推薦了地下餐廳。至少讓我招待您們一杯美味的煎茶，您們就在這裡休息。我會趁這段時間把免稅的資料準備好。」

店員說完便從座位上站了起來。

「等等我們就要出發去福南梅森囉，妳不是要買紅茶和餅乾給妳朋友嗎？」

聽到我這麼說，心情還是不太好的外婆憤憤地回答：

「買是要買啦！但我現在滿腦子都是壽司！」

「既然吃不到鋪了魚片的醋飯，那就去吃淋果醬和凝脂奶油的司康。」

說完，我自己也覺得這句話講得太牽強了。我半是同情地看著外婆宛如少女般氣鼓鼓的臉頰，心裡暗自覺得好笑。

13 外婆公主挑戰英式下午茶

Princess Grandma goes to London

「妳就忘了壽司吧。」

「我知道啦！」

外婆一臉餘恨未消，看來她心裡還是一直想著壽司。

不過，外婆似乎也不是對下午茶沒有期待。結束購物後，外婆回到飯店房間小睡了一下。睡醒之後，我還來不及催她，她便自動自發地開始換衣服。

為了參加倫敦之旅最後的華麗節目，外婆選了一件柔軟的淡紫色洋裝。它帶著一點裝飾藝術的風格，看起來就像連續劇《大偵探白羅》裡出場的女主角會穿的衣服，簡約而出色。

常有人說，上了年紀的人應該穿鮮艷的配色，外婆也很喜歡華麗的色彩和圖案。無論何時，外婆穿上這些衣服都氣勢十足，一點也不輸衣服本身。

搭配衣服的首飾，外婆也都帶來了。

我真的想好好的學習外婆的認真與勤勞，但直到現在我連模仿都做不到。外出旅行時，我一定會記得把iPad塞到包包裡，飾品和化妝品卻總是輕易就忘記。我想，現在外婆一定很不開心地從天上俯瞰著我吧。

「這個戒指可以搭配大部分的衣服，因為它的色彩很豐富，很適合旅行時帶出來用，妳要好好的記住。」

我記得外婆一邊這麼說，一邊把一枚纖細的蛋白石戒指滑過薄薄的皮膚，戴到指節分明的手指上。

半圓形的蛋白石鑲嵌在花瓣般精細雕刻的白金戒台上，花瓣上還點綴著幾顆小小的鑽石。

蛋白石是半透明的，顏色彷彿稀釋過的牛奶，其中又反射著紅色、橙色、綠色與淡淡的紫色。美麗而炫目，讓人忍不住想一直盯著看。

「真漂亮，我好想要。」

我不由得發出半是玩笑半是認真的感嘆，外婆完全沒有理睬我。

我總覺得奶奶和外婆只有在她們「覺得需要的時候」聽力變得超好，有時卻又有點重聽。彷彿她們的聽力是可以自由調整的。

「好了，來補妝吧。」

外婆一臉若無其事地開始化妝，我則趁這個空檔用吹風機幫忙外婆把她的頭髮吹得蓬鬆，幫忙外婆畫好眼線、塗上紅色的唇膏。

接著，我也換上平凡無趣的大地色系洋裝，稍微化了一點妝。

「好了，走吧！」

梳妝打扮之後，就算是外婆這樣固執的人，也沒有一直鬧彆扭。她露出笑容，站起來宣告：「我們出發吧！」

我開了門，這才發現提姆已經準備了輪椅等在門外。

一定是外婆回房時，提姆注意到了她的疲累，才貼心地準備了輪椅。

管家這種職業的洞察力和體貼，真是讓我佩服得五體投地。

「唉呀，只是下樓而已，我可以自己走啦。坐輪椅不是反而讓大家都盯著我看嗎？」

外婆似乎感到相當意外。

「難得您要享用我們的下午茶，要是在路上跌倒就不好了。我知道夫人您可以自己走，但還是請您坐上輪椅，這樣我比較放心。」

我把提姆的話翻譯給外婆聽，外婆聽了立刻一臉笑容。

「也是啦，我不能讓你擔心。要是你幫我推輪椅的話，我就坐吧。」

咦？妳就對孫女推輪椅的技術這麼沒有信心嗎？

不，大概不是這樣。

一樣都是坐著輪椅登場「被人盯著看」，要是推輪椅的是一個穿著正式服裝的美男子，那坐在輪椅上的外婆就是堂堂正正的公主風範。自尊心一點也不會受傷。

我猜，外婆一定是這麼想的。

即使我故意沒有翻譯，提姆也從外婆的表情看出了她的想法，他一隻手放在胸口，說：「這是我的榮幸，夫人。」

提姆與外婆心意相通，看來我這個祕書孫女已經沒有出場的必要了。

原來如此，想在不傷及對方自尊心的前提下給予協助，就應該這麼做。可是想使用這個方法，負責協助的人必須擁有極大的魅力，不然失敗的可能性會很高……

外婆難得開金口用英文單字說話，提姆則用放慢速度的高雅英語回答，我聽著他們的聲音、跟在他們身後，腳步沉重地穿過略顯陰暗的走廊。

我們抵達時，超級華麗的下午茶餐廳裡已是高朋滿座。

這間飯店的下午茶有服裝規定，因此所有的客人都盛裝打扮，室內洋溢著華美的氣氛，洋溢著對這場下午茶的期待。

提姆舉起一隻手握拳、秀出他的手臂肌肉，對我們眨眨眼睛說：「這是我硬是安插進來的座位，雖然位置有點偏遠，還請兩位見諒。」接著，他帶領我們來到入口附近牆邊的圓桌前。

座位不在窗邊，確實讓人有點遺憾。但現在想起來，提姆應該是擔心外婆會在擠滿桌椅的室內跌倒，才刻意安排了一個輪椅方便進出的位子。

「結束後我會來迎接兩位，請好好的享受接下來的下午茶吧！」

提姆扶外婆坐上椅子後，輕聲說了這句話，接著便推著空的輪椅離去。

我凝視著他挺拔的背影，外婆有些坐立不安地小聲問我：

「大家會不會擔心我的腳受傷啊？我要不要站起來行個禮，讓他們看看我沒事？」

這個想法真的很「公主殿下」。而且是一位為人民設想的公主，某種意義上還真的有點偉大。

外婆如此貫徹始終地認為自己是公主，或許我該稱讚她才對。

然而，我跟提姆也就罷了，總不能把周遭這些素昧平生的人都捲進外婆的角色扮演遊戲中吧……

「不，妳坐著就好了。」

「真的嗎？」

「對，萬一妳站起來結果站不穩，反而更令人擔心。看到妳很有精神地坐著，大家才會放心。」

「說得也是！」

外婆一下子就接受了我的說法。

雖然我是個完全沒有技巧可言的平庸祕書，但是跟剛開始旅行時的我比起來，我也見到了各種不同的人，有了一點點的成長。雖然，真的只有一點點。

沒過多久，下午茶就在沒有開場儀式的狀態下直接開始了。

侍者們穿梭在各桌之間，詢問客人想喝什麼茶飲。

這是個視野裡總是看得到金色裝飾，十足絢爛豪華的空間，充滿了人聲的嘈雜，還有盛裝打扮的樂手們演奏著古典樂。

才剛剛開場，就優雅到像來到另一個世界一樣。

就像前幾天的東方快車一樣，我覺得自己像穿越到我最愛的第一次世界大戰後的倫敦，忍不住一個人傻笑了起來。

菜單上有許多種不同的茶，其中也有綠茶和香片。

外婆戴上老花眼鏡，仔細看完所有的茶類之後，最後說了一句：「我完全看不懂。」她一副什麼都不想管的樣子。

還好，負責我們這一桌的侍者似乎很習慣外婆這樣的客人，他適時的發出了詢問：

「您想喝每天早上喝的茶嗎？還是清淡一點的呢？或是稍微澀一點的呢？香氣重一點的也不錯。」

這裡的侍者就像侍酒師詢問不懂酒的人喜歡喝什麼酒一樣，以「味道」代替「品牌」來找尋客人的喜好，外婆也就坦率地說出：「我想喝有這個飯店特色的茶。」

侍者聽到之後，推薦的茶飲是「特選茶」[7]。

機會難得，我乾脆也點了一樣的茶，其實也是因為桌子有點小，若一次放兩個茶壺，實在太擠了。

順利點完飲料，剩下的就是餐點了。接下來才是真正的比賽……不，或許

7．店家自行調配、製作的茶葉。

應該說，這是一場足以用「死亡對決」來形容的慘烈戰役。

如今，這間飯店下午茶的內容已經和當年我們住宿時大不相同，因此希望各位把它當成「以前的故事」聽聽就好。首先，會送到各桌的餐點是三明治。

咦，只有三明治嗎？

不是在漂亮的三層托盤上擺放著各式迷你可愛的甜點、司康，和尺寸優雅的三明治嗎？

正統的英國飯店不是應該有非常美麗的擺盤嗎？

我想，應該有很多人看到這裡都會感到意外。

外婆似乎也是。

「唉呀。」

外婆短短的一句話，充滿了濃濃的驚訝與失望。

外婆一定想在這個豪華的餐廳裡、在美麗的三層托盤的襯托下，拍一張像公主般的照片，回國以後再秀給朋友看。

我懂。這種心情，我非常非常的懂。

然而，侍者在我們面前各放了一個盤子，盤子裡只有非常樸素的三明治。

而且，它的餡料就像下午茶三明治該有的一樣，都是切成薄片的小黃瓜、鵝肝醬、燻鮭魚等沒有厚度的食材，但問題在於「尺寸」。

裝在漂亮盤子裡的三明治，並不是下午茶三明治那種一口大小的尺寸。

而是像咖啡廳的三明治一樣，要兩、三口才能吃完的細長切法，而且份量足足有一人份。

眼前這幾片三明治魄力十足，簡直令人想幫它加上效果線和沉重的音效。

我有點明白提姆叮嚀我們「早餐以後就什麼都不要吃」的理由了，還有倫敦三越百貨的店員，為什麼她會說這間飯店的下午茶「很有份量」了。

「你們不用三層托盤嗎？」

外婆催促著我問，我只好問送茶來的侍者。侍者露出一臉「唉呀，又來了」的表情，但是他還是很仔細地回答：

「三層托盤雖然好看，但是必須一次端出許多的食物。這樣一來，客人在享用餐點時，三明治就會乾掉，司康也會冷掉，蛋糕的奶油和水果也會變得溫溫的。我們希望客人能在新鮮的狀態下品嚐餐點，因此會先上三明治，接著是司康，然後才是蛋糕。」

他的說明行雲流水，十分流暢，一定是很多人都問過一樣的問題。

「請先享用三明治，若您想要再來一份，也請不用客氣。」

我將侍者說的話翻譯給外婆聽，同時，「不祥的預感」這幾個特大字體在我的心裡呼嘯而過，還帶著閃爍的特效。

侍者說得對，如果用三層托盤上菜，最大的弱點就是「客人在享用餐點時，大部分的食物都會錯過最佳的品嚐時間」。

我想快點吃到餐點，也想要悠閒地享用美食，這兩種想法總在我心裡產生許多的矛盾。

在這層意義上，能夠一道一道的分開上菜，是相當正確的方法，可以說是非常用心的待客之道。

外婆知道不使用三層托盤的理由之後，她也佩服地說：「這很有道理，不愧是一流飯店。」

然而……

實際吃了之後才知道，光是三明治，就已經和一頓豐盛的午餐差不多了。

三明治很好吃，真的很好吃！

柔軟的薄片麵包令人不禁感嘆著竟然能切得這麼地薄，還一點也不吝嗇地塗滿了厚厚的美味奶油，餡料上灑了一層鹽粒，一口咬下時還會吃到辛辣的粗磨黑胡椒。

雖然都不是新奇的食材，但它的風味讓人打從心底感受到樸實與高雅。

可是，份量實在太大了。

我想對外婆說「妳不用全部吃完也沒關係」。但偏偏就在這種時候，外婆卻非常喜愛這個三明治。

「這個很好入口、又很美味，真的很棒。三明治可不是愈厚愈好，不愧是英國，真是太內行了。唉呀，要是我有多吃一點三明治就好了。尤其是燻鮭魚，我要再來一點。」

不，千萬不要啊！

之後還有其他餐點會來，現在還是不要吃太多，停在意猶未盡的階段就好……我原本想這麼勸告外婆，但話到嘴邊又有些猶豫。

仔細想想，或許外婆沒有「下一次機會」了。不，應該確定是沒有了。既然如此，在她還能感覺到美味時讓她盡情地享用喜歡的美食，也許比較好。

侍者看到外婆咀嚼燻鮭魚三明治時，整張臉都寫著「好好吃」，立刻迅如疾風地走過來詢問：「夫人，要再來一份嗎？」

啊，說得也是。

一流的服務不是等待客人呼喚你，而是關注客人的動向，搶先採取行動。這種服務精神，真是讓我甘拜下風。

雖然這不是比賽，但我差點就想認輸了。

「smoked salmon, very good!」

外婆的英文就是把日文的外來語直接唸出來，而且完全不管文法。

不過，她毫不猶疑的話語坦率又有力，侍者高興地道了謝，立刻在外婆的盤子裡又放了三塊燻鮭魚三明治。

「妳吃這麼多三明治，真的沒關係嗎？」

我還是表達了關心。外婆一臉輕鬆地嚼著三明治回答：

「接下來只剩下司康和蛋糕各一個了吧？而且我又沒吃午餐，這樣我還吃得下啦。」

「啊……真的嗎？好吧。」

我曖昧地回了一句，但心裡已經湧上了黑霧般地不安。

而且，我在這種時候的「不祥預感」，百分之百會應驗。

之後外婆與我，將在這夢境般的華麗空間，發出悲慘的苦惱哀號……

14 外婆公主大戰司康

Princess Grandma goes to London

第一個上來的三明治就已經份量驚人。

接下來的司康和蛋糕，大概也不會是可愛的「迷你尺寸」吧……？

我的不祥預感在幾十分鐘後完全應驗。

客人們都盡情享用完三明治之後，侍者們拿著一個大大的籃子和銀色夾子，再度穿梭在各桌之間。

稍微等了一下，負責我們這桌的侍者露出開朗的笑容走了過來。

「替兩位送上剛剛出爐的司康！」

侍者稍微彎腰把籃子放低，恭敬地取下保溫用的蓋布，籃子裡的司康圓鼓鼓地膨起，中央切開、表面烤成淡淡的黃褐色，是圓筒形的正統司康。

麵粉與奶油的樸素香味輕輕柔柔的，逗得讓人鼻子發癢。

這些司康一定很好吃。

它們烤得非常漂亮，光從香氣和外觀就看得出來一定很美味。

就是這個！我來到英國最想吃的正統司康，就是長這樣的！

如果是平常的我，應該會這樣滿心喜悅地大喊吧。

然而，看到司康的一瞬間，我的心情卻是人生屈指可數的低落。

可以說，我心中的絕望還比喜悅多了那麼一點點。

因為，這裡的司康「實在是太大顆」了。

每一顆都比我的手掌還大上一圈，份量十足。

它比日本的御座候車輪餅還大。

我忍不住把它跟我家鄉知名的車輪餅比了一下，心中的絕望愈來愈強烈。

外婆也看了我一眼，她的眼神惴惴不安。

所以我剛剛才阻止妳繼續吃三明治的嘛！

「後悔莫及」這句成語，就是用在這種情境。

而且，司康還分成：原味、全麥和葡萄乾三種口味。侍者仔細說明完畢之後，竟然建議我們：「要不要每種口味都先來一個呢？」

怎麼可能吃得完？

要是每種口味都吃一個，胃一定會被撐破，然後我就會死掉。

就算是餓著肚子，要吃下整整三個司康，都相當困難。

外婆直到剛剛都還說著「英式下午茶真是優雅」，聽著悠揚的音樂、啜飲著紅茶，現在終於真的感覺到「眼前的危機」。她一臉認真地說：

「我們剛剛才吃完麵包，現在又來了一盤像麵包的玩意兒，這個上菜順序有點怪怪的吧？」

我跟外婆常常意見不合，但是這次我完全同意她的說法。

而且這個「像麵包的玩意兒」其實比麵包更乾燥，必須搭配大量的茶飲才能食用。

對已經被三明治填滿六成的胃袋來說，司康就是追殺它的最佳利器。

還好外婆是銀髮族，侍者也無法繼續堅持，他只能用有些遺憾的表情放了一個外婆用「手指示意」的葡萄乾司康在盤子上。

然而，侍者並不允許年輕的我這麼沒出息。

在氣氛溫馨、充滿笑容但有點艱難的交涉過後，我爭取到的通融只有：把三個司康減少到兩個。

而且，侍者還叮嚀：「如果您還吃得下，我會立刻替您送上來。」

侍者前往下一桌之後，我的盤子上留下兩個用銀色夾子恭敬擺好的葡萄乾司康和全麥司康。

這是侍者特別推薦的兩種口味。

事到如今，我也只能吃了。

而且，要趁它還溫溫的、很可口的時候！

司康這種東西，偶爾也會直接單吃，但一般的吃法是將它從中間的裂縫分成上下兩半，再盛上大量的果醬和凝脂奶油。

沒錯，關鍵字是「大量」。

我對日本的英式下午茶最大的不滿，或許就是這一點。

日本司康尺寸小到令人吃驚也就罷了，連凝脂奶油和果醬都只給一點點。

這種吝嗇小氣的份量，真是令人不解。

聽好了，果醬和凝脂奶油不是用「塗」的，而是用「盛」的才對！日本的英式下午茶都該附上五倍的果醬和奶油！

我在日本吃下午茶時，內心總是如此憤怒，而在這裡看到的司康，附上了放在小瓶子裡的各色果醬，和用小碗裝得滿滿的凝脂奶油。

果然是正統的司康起源地，太完美了。

吃司康時要先放果醬還是奶油，各地區的習慣不同，個人的喜好也不同，這也是午茶時光的話題之一。我個人喜歡先放果醬。

首先，我會先在司康上盛上大量的草莓或黑醋栗果醬。

接著，再盛上高高隆起的凝脂奶油，讓它看起來像夏天的積雨雲一樣厚重，然後大口咬下。

這就是我最愛的司康吃法。我也想讓外婆試試看。

首先，我把外婆的司康掰成兩半，問她喜歡搭配哪些抹醬。接著盛上草莓果醬和凝脂奶油，對外婆說：「請用。」外婆這才笑逐顏開。

「這就是正統的司康吧？我們在博物館吃的司康都已經冷掉了，而且只有附一般的奶油。」

「那種地方都是這樣。我在家吃就會熱一下，只夾普通的奶油。」

「是這樣啊。」

「因為還要特地準備凝脂奶油太麻煩了嘛。」

對話中，外婆一臉雀躍地整理好洋裝的衣領。她一隻手輕輕的撫平頭髮，接著用高雅的姿勢把司康舉到下巴的位置。

我發現外婆的背肌挺得筆直，挺到幾乎到了不自然的程度。我立刻察覺一件事。

該拍紀念照了！

雖然沒辦法和三層托盤合照，但手上拿著抹了果醬和奶油的司康拍照，看起來的確很有英國的感覺，而且，拍起來也很好看。

以一個當時還沒有的說法來比喻，就是「網美照」吧。

外婆似乎決定回國後要和朋友炫耀：「我吃了剛出爐的司康喔！」真不錯，那就這麼辦吧！

「那我要拍囉！」

我舉起相機，外婆露出充滿威嚴的笑容，又叮嚀我一句：

「背景美不美？」

「有金色的東西和謎樣的柱子，還有華麗的壁紙……」

「好，那以防萬一，妳拍個三張吧。」

「遵命！那我要拍囉。」

我咔嚓、咔嚓地按下快門，替心情大好的外婆拍照。這時，侍者特地停下發司康的工作，動作流暢地一個箭步回到我們這一桌。

「要拍照請吩咐我，我可以幫您們拍合照。」

侍者在忙碌工作中還這麼細心體貼，實在令人欣喜，但我不太喜歡拍照。

現在的我在眾人面前亮相的工作變多了，也比較習慣拍照了。但是當年的我，只要面對照相機，不僅臉，連全身都會僵硬得不得了。

我對自己的外表很自卑，總是戰戰兢兢的，而且過去拍照有幾次不好的經驗，因此極力避免拍照。

然而，我正要拒絕時，侍者溫柔地勸我：「只拍一張也好，能留下妳對這間飯店的回憶。」接著，他用眼神示意我「拿起司康跟外婆一起拍照」。

外婆也說：「機會很難得，妳也一起來。」接著，她又認真地說了一句。

「反正人也不知道什麼時候會需要遺照。」

喂，喂！

我們正在喝優雅的下午茶，外婆卻突然用不得了的論點說服我拍照。

而且，「拿著司康露出笑容的遺照」到底是怎樣啦！

看起來也太貪吃了吧？

我嚇了一跳，連忙反問：「咦，是要拍妳的遺照嗎？」外婆也跟著回嘴：

「才不是，是妳的遺照啦！」我們兩人真的都很「做自己」。

多虧了這幾句無聊的對話，我的緊張情緒稍微的緩解了。我有些不情不願地學著外婆拿起司康，露出一個非常不自然的僵硬笑臉，並和外婆靠在一起拍了合照。

這張照片，後來到底到哪裡去了呢？

我想，我應該是連自己的那一份都沒有洗出來，直接就把底片給了外婆。外婆過世後，母親和阿姨整理遺物時，大概把照片跟底片處理掉了吧……真的太可惜了。

現在回想起來，實在很氣當時的自己太輕視「回憶」。但我也不是不了解當年的自己是什麼樣的心情，因此心裡總是五味雜陳。

照片不用拍很多，但還是要有一、兩張能夠留作紀念比較好。

因為照片拍攝到的風景、物品、人物的服裝和表情，都能讓我們陳舊的記憶變得鮮明。

回到正題，雖然外婆與我都知道自己會落敗，還是開始了與司康的格鬥。

咬下一口司康之後，我發現這裡的司康擁有傳統與令人信賴的乾燥口感。

而且，它還是果醬的水分、奶油的油脂，加上唾液一起齊心合力，都無法攻陷的銅牆鐵壁。

無論咀嚼幾次，口中的司康就是不會變軟，想把它吞下去得喝很多紅茶。司康、紅茶、司康、紅茶、司康、紅茶，我的胃已經被塞得滿滿的。明明很美味卻難以征服，真是一種奢侈的煩惱。

然而，它卻也是一個切切實實的問題。

仔細想想，我們吃司康時把它掰成兩半，再盛上果醬和奶油，也就是說，吃一個司康就等於吃兩個甜點。

雖然我早有預感，但是外婆還真的就在吃到一半時舉手投降。

「我嚼到累了。」

外婆沒有說她已經飽了，這算是一種矜持吧。

說得直接一點，就是固執。

接著，外婆一臉理所當然地把剩下的半個司康挪到我的盤子上。

「妳還年輕，多吃一點。」

又來了，老人把「不想吃的東西丟給別人」時，總是會說這句。

可是，我也才好不容易把一個巨大的司康吃下肚。

雖然很想拒絕，但身為外婆的外孫女，我也有一種不同的固執。
總而言之，我就是不想讓自己盤子裡的食物剩下。
而且我不想吃得不情不願，而是要高高興興地吃完。
這裡的食物經過這麼多人的努力，在最美味的狀態下上桌，要是我吃得很痛苦，也太沒道理了。
我之所以不喜歡大胃王比賽，就是因為挑戰者們總像苦行一樣，用痛苦的表情吃下廚師烹調的美味料理。
既然不喜歡那種情境，當然不能讓它發生在我身上。
好，就算是賭一口氣，我也要好好的品嚐它的美味。
還好，我還有很多時間。
而且，紅茶也像碗子蕎麥麵[8]一樣可以無限續杯。
「唉呀，正統的司康真是太有魄力了，不過也真的很美味。」
說出這句話的外婆，就像完全忘記剛剛的痛苦，正悠哉悠哉地靠在椅子上聽音樂。我充滿怨氣地瞪了她一眼，藉著各種果醬、濃郁又美味的凝脂奶油和大量紅茶的幫助，終於把所有的司康都吃下肚了。

當然，當侍者用眼神問我還要不要再來一顆司康時，我也沒忘了堅定的搖頭，表達我拒絕的意志。

不過，戰鬥還沒有結束。

接著，我們就得面對可怕的最終大魔王，也就是蛋糕。

外婆面帶從容的微笑宣稱：「區區一塊蛋糕，我還吃得下啦。」

妳的從容是犧牲我的胃袋換來的吧……我已經連吐槽的力氣都沒有了。

接下來，侍者捧著一個大大的銀盤，來到我們面前。

「是新鮮的蛋糕喔！想吃幾個都可以！」

嗚……！

我在心裡發出哀號。

但我實際喊出口的卻是「哇」這種可愛的驚嘆。

8．日本岩守縣的特色料理，在碗內盛裝一口份量的蕎麥麵，待客人吃完後就立刻續加。

在亮晶晶的銀盤上，排列著大約十種色彩繽紛的蛋糕。

巧克力蛋糕、開心果蛋糕、水果塔、蛋白霜、派、閃電泡芙……每個看起來都很可口。

但是！

跟剛剛的三明治和司康一樣，每個蛋糕都很大。

它們的尺寸足足有日本蛋糕店看到的一點五倍，有些甚至是兩倍大。

就連外婆看到這些蛋糕，都忘了剛剛的宣言，整張臉寫著「這種蛋糕跟我想得不一樣」。

然而，當侍者帶著自豪的笑容詢問我們：「要選哪一個呢？」我實在無法說出「我已經吃不下了」。

要是我這麼說，侍者一定會露出世界末日來到的悲傷表情。至少，我和外婆是這麼相信的。

侍者帶著自信與講究送上剛出爐的蛋糕，我可不想讓他失望。

當然，外婆與我也不想在下午茶中途棄權。這太不像話了。

雖然我跟外婆沒有彼此確認對方的想法，但這是我們共通的強烈意志。

外婆嚴肅地告訴侍者：

「給我一個最小、最輕的蛋糕。」

我翻譯完之後，侍者小聲地應了一聲：「噢。」

或許，侍者感覺到外婆全身都散發出強烈的「瀕臨極限」的氣場。

「我明白了，請稍待。」

侍者轉身折回廚房，很快地又回到桌邊，他用夾子夾起一個小巧可愛的草莓塔，輕輕地放在外婆的盤子上。

「今天有客人預約了一場私人派對，所以廚房做了一些迷你水果塔。我擔心您吃一個不夠，如果您想吃，我再替您送兩、三個來。您喜歡草莓，對吧？」

沒想到，我們竟然佔用了別人的派對甜點。

不過對外婆來說，用手就能拿起來吃的小小水果塔，正是適合她的尺寸。

外婆說：「唉呀，真貼心。」我看著她笑逐顏開的模樣，實在很想說：

「那我也吃這個好了。」然而不知為何，侍者完全沒有站在我這邊的意思。

「來吧，年輕的女士，您要吃哪一個呢？我推薦閃電泡芙。」

「……那就閃電泡芙吧。」

特大號的閃電泡芙，就跟一個小型的熱狗麵包一樣大，淋著閃閃發亮的巧克力醬，看起來非常美味。

然而，侍者並沒有要前往下一桌的意思。

他一臉「才選一個而已嗎？妳太客氣了」的表情，把托盤舉到我的鼻子前面，一直等著我點下一個蛋糕。

我偷偷瞥了其他桌一眼，發現大家的盤子裡都放著好幾塊蛋糕，一臉十分享受的表情，笑著品嚐甜點。

原來如此，最少要吃兩個啊。那我也只能挑戰了！

「那請給我檸檬派。」

隨著一句熟悉的「Very good」，侍者將一個蛋白霜烤得剛剛好又漂亮的大型檸檬派放在閃電泡芙旁邊。

它一定很好吃，但尺寸比別的甜點又大了一級。

如果改天再吃，一定會比現在美味十倍。

在我心中浮現這個念頭時，就算能津津有味地吃完，我也已經輸了。

即使如此，我還是想堅持到最後。

名次無所謂，至少我要跑到終點。

我以馬拉松跑者的心情，拿起了叉子。

嗯，真好吃，真的好好吃。

「我以為下午茶是麵包之後又來一個像麵包的東西，看來只要塗上果醬，司康也跟蛋糕差不多嘛。」

外婆輕輕鬆鬆地吃下草莓塔，用一臉「我吃完下午茶了喔」的得意表情，悠閒地和一口一口努力咀嚼著蛋糕的我搭話。

「……說得沒錯。」

「所以是吃完跟蛋糕差不多的東西之後，又要吃真正的蛋糕。英式下午茶真的好奇怪喔。」

「……說得沒錯！」

在〈藍色多瑙河〉悠揚的旋律中，我們……不，我在這個優雅的餐廳裡嚐到了敗北的痛苦滋味，同時卻有一股不可思議的巨大成就感。

15 祕書孫女再次變身壞女孩

Princess Grandma goes to London

「唉呀，今天好累。真是累壞我了。」

外婆洗完澡後、換上睡衣，呈大字型躺在床上喊累。

她的聲音聽起來就像空氣從一個鼓脹的大袋子裡洩出來一樣。

今天的外婆似乎比平常還要疲憊，不知道是因為她下午茶時太努力吃東西，還是因為終於撐到我們在倫敦的最後一個夜晚，心中充滿成就感的緣故。

「好了，辛苦妳了。」

我把外婆脫下來後隨便亂丟的衣服撿起來、摺好，塞進行李箱裡，隨意地回了她一句。

「真的！有夠累！」

外婆更用力地又喊了一句，接著她打了一個大大的哈欠。

「好啦，我知道。」

我得整理兩人份的行李，忙得要命，因此回話也變得很隨便。

抵達倫敦時，我的行李箱只裝一點點的東西，不論買什麼都塞得進去，因此整理起來很輕鬆。

問題出在外婆的行李上。

外婆帶了許多衣服、飾品和鞋子，她像換裝娃娃一樣享受著時尚打扮，因此打從一開始，她的行李箱就只剩三成是空的。

我必須把外婆買的東西全塞進去，但不管怎麼把衣服摺小總是有極限。

而且行李不僅容量有限，重量也有限制。

外婆到底是在什麼時候買了這麼多東西……？

行李箱裡，還有很多東西是我根本就沒看過的！

這時吐槽也沒什麼好處，我開始將塞不進外婆行李箱裡的東西放到我的行李箱裡。

因為白天沒什麼自由時間，這趟旅行我買的東西比以前少多了，就算把外婆的戰利品全塞進來，空間也綽綽有餘。

我把兩個行李箱並排放在自己的床上，努力把東西塞進去。外婆瞥了我一眼，拋下一句話：

「妳不要把我們兩個人的東西都混在一起。」

唉唷，為什麼老人家總是在這種時候視力變得特別好呢？真的好火大！

我又不是故意搶走妳買的東西！

竟然懷疑可愛的孫女，真是太過分了。

不知是幸還是不幸，我已經沒有力氣為這種小事生氣了。

「好啦、好啦。」

我隨口應付了兩句，繼續整理行李。

外婆就像是水黽在水面移動一樣慢慢的挪動手腳，她的視線從我的身上移到天花板上，然後深深地嘆了一口氣。

「唉，沒想到在英國最後的晚餐，我竟然只有吃這麼一點點東西，真是太遺憾了。」

我本來一臉不高興地在整理行李，聽到外婆說「只有吃一點點」，忍不住笑了出來。

我的笑當然是苦笑。

我們下午茶吃得太飽，已經沒有力氣出去吃正式的晚餐，只好再次去飯店內的餐廳用餐。

外婆口中在倫敦的「最後的晚餐」，果然又是生蠔！

餐廳的侍者擔心地問：「您是不是只要半份就好？」外婆強而有力地回答：「不，都已經是最後一次了，我要一打！」最後她也真的全部吃完。

一打生蠔在外婆口中也只是「一點點」，她實在太強悍了。

省略了主菜，只吃生蠔和湯，對外婆來說實在很可惜。

但是，我也有一句話要說。

「我的鮟鱇魚，妳也吃了一半啊！」

「哪有到一半？我才吃三口試試味道。」

「那就是一半了啊！」

我的委婉抗議聽在外婆耳裡，一點力道也沒有。她隔著睡衣摸摸肚皮，深有所感。

「要是我那時肚子餓，一定整份都能吃完！它真好吃。」

「真的很好吃，我也想吃完一整份……」

在日本要說到鮟鱇魚，尤其是鮟鱇鍋，那可是冬天的美食之一。令人意外的是，在英國，鮟鱇也是很常見的魚類。

雖然英國人會把鮟鱇魚肝整個丟掉，非常可惜，但它清爽的白色魚肉是高級食材，總是陳列在海鮮店架上最好的位子。

當天晚餐，我選的是鮟鱇魚尾鰭附近的魚肉與帆立貝，燒烤後、加上一點清爽的奶油醬汁。附上的蔬菜也只有稍微的燒烤或水煮過，是很有英國風味的樸素料理。

我的肚子也還很飽，因此放棄前菜和甜點，只點了魚。結果被外婆中途搶了好幾口，今天的晚餐實在有點寂寥。

「今晚我可能會想吃點宵夜……唉呀。」

我話說到一半，發現外婆的手腳都不動了。

可能是真的太疲倦了，外婆開始打起瞌睡。

唉呀呀……

我心想，偷懶一天應該也無所謂，但身為照顧者必須展現自己的毅力。

我使勁吃奶的力氣，在外婆真的熟睡之前把她扶起來、卸下她嘴裡的假牙，讓她去刷自己的真牙。

雖然已經是旅程的最後一天，我依然不敢大意，一一準備好睡前的藥物和保健食品，讓外婆好好的服用。

到外婆這個年紀，消化不順就是人生的大事，整腸的保養品跟藥物一樣重要。乳酸菌，就拜託你囉！

儘管外婆嘴上嘟噥抱怨著，還是完成了每天的睡前作業，最後躺回床上，這次她好好地蓋上被子，就在正要進入夢鄉時，我們的房門卻響起了輕輕的敲門聲。

我從貓眼向外看，是一位之前常在飯店裡看到的信差。他是個印度裔男孩，有著一頭黑髮和褐色的肌膚，穿起制服很好看。他俐落的動作和漂亮的大眼睛，令人印象深刻。

我打開門，他笑嘻嘻說：「有一封信要給妳。」恭敬地把一張對摺成兩半的小紙條遞給我。

「要給我？不是給夫人嗎？」

我歪頭表示不解，他又把紙條往前遞了幾公分，回答：「是給妳的。」

「是誰要給我？」

我順手收下來，問了一句。他聽了，露出一個淘氣的微笑。

「妳看了就知道。」

咦？有人這樣回答的嗎？

算了，反正我打開看就知道了。

「那我簽收吧。」

我說完，男孩卻輕輕搖頭說：「No.」

「咦？」

「不需要簽名。這是一封祕密訊息。那麼晚安，祝妳有個美好的夜晚。」

不知為何，他意味深長地刻意慢慢的說了第二次「Good night」，接著像一陣風般快速離去。

到底是怎麼一回事……？

我總覺得事情大有蹊蹺。

祕密訊息到底是什麼？紙條又是誰給我的？

我剛剛輕易地就收下了這張紙條，仔細想想有點可怕，而且不太舒服。

可是，心裡同時也有一點點的興奮與期待。

關上門之後，我坐在沙發前端，緊張地打開那張紙條。

這是一張在白紙上畫了灰色細線的便條紙，平平無奇。

上面用藍色的墨水寫著英文訊息。

字跡端麗但稍微向左傾斜的英文字母，整整齊齊地排列在紙上。

我試著閱讀，發現它用有些裝模作樣的古典文體，寫了這樣的內容：

如果妳心懷勇氣，想要一場最後的冒險，晚上九點就來福南梅森吧！

T

我反覆讀了好幾次，才看懂這段文字的意思。這個「邀約」太讓我感到意外了。

「最後的冒險」是什麼意思？

還有，「T」是留言給我的人，對嗎？

那一定是……提姆，對吧？

這趟旅行我只遇到一個名字是T開頭的人，就是提姆。

而且如果不是提姆的話，應該無法請那位信差幫忙送信吧。

「提姆約我來一趟最後的冒險？真的嗎？」

我喃喃自語，內心暗自思量著。

我不知道提姆是出於什麼想法給我這封訊息，但有一件事顯而易見。

一位飯店管家「邀約自己負責的客人在飯店外碰面，而且這位客人還是年輕女性」，這件事既不尋常，也不妥當。

不妙，這真的很不妙。

如果是平常的我，警戒心早就壓過了好奇心，絕對不會想參與危險事件，一定把這張神祕訊息的紙條丟進垃圾桶，然後躺上床呼呼大睡。

勇氣？我才沒有那種東西呢。

但是，不論是哭還是笑，這都是我在倫敦度過的最後一夜。

外婆疲憊到了極點，她已沉沉睡去。現在時間將近晚上八點四十分。

如果我不接受這個令人心跳加快的邀約，未免也太辜負壞女孩之名。

而且，雖然這個邀約相當輕率，但如果是來自提姆的邀請，我認為他應該會有很好的安排。

住在這個飯店期間，他真的幫了我很多忙。

有好多次，他的靈機應變與貼心的建議都拯救了我，也有幾個瞬間讓我感覺到彼此的心意相通。

所以，我想要相信他。

他是我們最可靠的管家，我當然要相信他！

雖然不知道提姆替我安排了什麼樣的「冒險」，但不論是悲是喜，這都將是這趟旅程最後的回憶。

我感覺得到內心想赴約的衝動，一層一層掩蓋了原本的恐懼與不安。

即使遇到非常棘手的問題，飯店員工也能帶外婆登上回國的班機吧。

外婆的行李打包好了，我的行李裡面也沒有見不得人的東西。

雖然我在行李箱裡塞了兩條足足超過一公斤的吐司，看起來十分可疑，但應該還在容忍的範圍內。

好，我要參加這趟神祕的冒險。

我下定決心之後，把紙條摺好、站起身來。

既然決定要去，接下來我只需要盡快準備好，然後帶著錢包出發。

我幫外婆蓋好被子，接著關上電燈、打開衣櫃門迅速安靜地換裝。

16 「T」與他的同伴

Princess Grandma goes to London

我把房間的鑰匙像平常一樣寄放在櫃檯，值夜的男性員工也像平常一樣說：「祝妳有個愉快的夜晚。」接著，他把手擺放在櫃檯邊緣的高度，對我比了個大拇指。

這是什麼意思……？

在我變成「祕書孫女」之後，這間飯店的員工還是把我當成客人，以禮相待，同時也將我當成他們的同伴，與我十分親近。

不過，今晚這名員工的表現，比之前更拉近了我們彼此的距離。

我有些驚訝，說了聲「謝謝」，接著斜向穿過大廳，走向飯店的出入口。

門房已經下班了，年輕的行李員嚴肅拘謹地幫我開門，把我送到外面。

門外有一名計程車司機，他一臉「妳一定會搭吧」的表情等著我上車，我心裡感到有些抱歉，慌張地轉身背對他，走向了大街。

和地方都市相比，倫敦是個「不夜城」，即使如此，入夜之後路上的行人也減少了許多。

另一方面，到了夜間，遇到犯罪事件的機率也會大幅上升。即使只是短途移動，也千萬不能大意。

我盡量穿著休閒風格的服裝，也沒帶包包，只把一點點現金塞進零錢包，好好的放在口袋裡面。

因為東方女性目測年齡比較年輕，我刻意戴上鴨舌帽，用壓低的帽沿遮住半張臉，快速地走向「福南梅森」。

我這次沒有帶著外婆同行，因此這段路程只需要五分鐘，但我的心臟愈跳愈快，簡直就快要從嘴裡跳出來了。

我真的可以赴約嗎？

如果「T」不是提姆呢？

萬一在那裡等我的是一位陌生人怎麼辦？

我要逃跑嗎？一個身材嬌小的女人跑得掉嗎？

雖然這條街白天很熱鬧，晚上的路燈卻出乎意料地少，必須依靠兩旁商店的燈光照明，但並不是每間店整夜都會開著燈。到暗一點的地方，連對面行人的臉都很難看清。

我憑著一股傻勁就衝了出來，現在愈想愈感到害怕。

好可怕，要不要回飯店算了？

可是，如果「T」真的是提姆，他所承擔的風險遠比我承受得還大。

「還是去吧，沒有弄清楚『T』是誰的話，今晚怎麼睡得著？」

我口中喃喃自語，再度加快了腳步。

這時，福南梅森早就打烊了。

不過，或許是他們希望夜間的行人也能看到美麗的百貨裝飾，又或者為了防止犯罪，因此櫥窗裡的燈還亮著。

在略顯橙色的溫暖燈光下，我看見一個……不，兩個高個子的男人背對燈光站著。

這兩個人的身材相仿，其中一人對著我揮了揮手。

他們站在逆光的位置，從遠處看不到臉。

雖然我緊張得要命、心臟狂跳，我還是走向了那兩個人。

果然是提姆！是他！

太好了！不，其實也不好，但是總之暫時沒問題了！

兩人之中有一位，是我們的管家提姆。

提姆臉上帶著跟平常一樣的微笑，但是和平時的他相比還是有些不同。

工作時，他總是把頭髮梳得整整齊齊的，現在頭髮有些凌亂。

他身上穿的也是棉質襯衫、牛仔褲和皮夾克，這種英國年輕男性常見的休閒裝扮。

「晚安，壞女孩。妳的帽子真好看。謝謝妳接受了這個唐突的邀約。妳真的很勇敢。」

提姆的聲音和平常一樣開朗而穩重，臉上綻開了大大的笑容。

啊，他的笑臉也跟平常不一樣。

提姆現在看起來比平常開懷許多，就像是跟小狗一起玩耍時的愉快笑臉。

「晚安！」

我心中還是有些困惑，但還是回應了他的問候，接著把手上那張握得緊緊的紙條打開給他看。

「所以『T』果然就是你？」

「當然是我。妳不是發現了這點才來赴約的嗎？」

「是沒錯，可是你說的冒險又是什麼意思……？」

「在那之前，先讓我介紹他吧。他叫傑克，是我的弟弟，也是我們今天的司機。」

提姆爽朗地介紹了另一位男性。原來如此，這個人看起來真的跟提姆很像。有點太像了……

除了體重似乎比提姆重一些、頭髮留長了往後面綁起來、下巴蓄了一點點鬍子之外，這兩個人就像同一個模子刻出來的一樣。

就算是兄弟，未免也長得太像了吧……

也許傑克察覺到我的疑問，他露出開朗的笑容，對我「嗨」了一聲。他打招呼的方式比提姆要隨意許多。接著，他的手指指向提姆，又指指自己。

「我是他的雙胞胎弟弟。」

「啊，原來如此！」

我一下子就明白了為什麼他們的身材和長相如此相似。

但我明白的也只有這一點。

提姆把自己的雙胞胎弟弟叫來，到底打算做什麼呢？

提姆完全不管我還在困惑，手指著停在路邊的汽車，說道：

「那我們快點出發吧！雖然車子有點窄，但是麻煩妳坐後座。」

不不不，等一下！

叫我上車？我又猶豫起來了。

我到現在都還不知道我們要去哪裡、要做什麼，還有「冒險」是什麼呢！

雖然我從來沒經歷過這麼光明正大的綁架，但我也沒有單純到可以在一無所知的情況下任人擺布。

在我開口發問之前，傑克搶先了一步。

「喂，提姆，你要好好跟她說明啊！我可不想變成誘拐犯。」

「啊，說得也是。我跟你商量完，就覺得事情好像都安排好了。」

提姆和弟弟說話的語氣很隨意，跟我們說話時則完全不同。有一種很新鮮的感覺，讓人覺得很舒服。

而且，這位不管什麼事都能巧妙應對的管家，似乎也有少根筋的地方……

提姆輕咳了兩下，他的視線看向我，嚴肅地宣布：

「我們要帶妳去布萊頓。」

我不禁屏息。

天啊……可是……

我內心的驚訝一定全寫在臉上了。提姆露出一臉得意的笑容繼續說道：

「為了讓妳跟妳的『靈魂伴侶』見面、然後安全回來，我弟弟會開自己的車送妳去布萊頓，我們要在夫人睡醒前回到飯店。」

提姆竟然記得昨晚我在那一大束玫瑰花前說的話，還想幫我完成心願。

住在布萊頓的友人是我留學英國時的室友，也是我最親近、最重要的人。即使只有一分鐘，我也想見到他。我想看看他的臉。

雖然我很懂事地說這次就不去找他了，其實心裡並沒有完全放棄。提姆察覺到我內心的願望，決定幫我實現它。

察覺這件事的瞬間，我的眼眶立刻湧出淚水。

提姆輕輕地笑了一下，遞了面紙給我。

「別哭了，眼淚要留給感人的重逢時刻。為了在布萊頓待久一點，我們現在要立刻出發。妳願意參加這趟冒險之旅嗎？」

這是當然的，不需要再問。

我精神飽滿地回答：「當然！」從這一刻起我又變回「壞女孩」，開始了這次旅行的最後一次，也是最棒的冒險。

17 壞女孩前往南方

Princess Grandma goes to London

「我沒有駕照，所以才拜託傑克幫忙開車。他很乾脆地就答應了，他平常就經常外出兜風，也去過布萊頓很多次。妳放心吧。」

提姆對我說明時，雙胞胎弟弟傑克正把車開往知名百貨公司「哈洛德」所在的騎士橋方向。

我從來沒有搭乘汽車從倫敦去郊外過，我猜想傑克應該想從騎士橋往切爾西的方向開，在某個地點上高速公路，再南下前往位於海邊的布萊頓。

當時，這裡的電車常常有偶發的誤點，也常常變更路線或中止運行，因此搭乘電車從倫敦前往布萊頓，很難確實掌握來回所需的時間，是否能順利得回到倫敦，也令人憂心。

但是，搭計程車的話又太貴了。

而且，不論是電車還是計程車，都有一些安全上的疑慮。

提姆請弟弟開自用汽車帶我去布萊頓，這個大膽的計畫，直接解決了夜間前往布萊頓會遇到的大問題。

太厲害了！

可是，為什麼他願意幫我這麼大的忙？

我鼓起勇氣發問：「你這麼做其實是不可以的，對吧？」和我一起坐在後座的提姆聽了，露出淘氣的笑容。

「不只是不可以，萬一被發現，我可是會被開除的。」

提姆說話還是很有禮貌，但語氣比較隨意，有一種「下班時間」的氣氛，感覺真不錯……但現在可不是想這個的時候。

「是吧？真的太麻煩你了，我們還是回去吧？」

「雖然我們已經出發了，但是還沒離開倫敦市區，現在折返也不會花太多的力氣。」

我一口氣把話都說完之後，提姆還沒有反應，駕駛座上的傑克卻發出了「哇哈哈哈」的豪邁笑聲。

「沒問題啦，把妳的祕密說出來的就是提姆啊。」

「咦？」

我聽了很驚訝，提姆則是有些尷尬地舉起雙手投降，接著他開始辯解。

「有件事我得先跟妳道歉。昨晚妳說的狀況讓我很同情，今天早上我見到門房就不小心說溜嘴了。我告訴他，壞女孩在倫敦的最後一夜，逼不得已只能當個好女孩。」

「咦咦咦？」

這件事竟然被傳出去了？

我驚訝地叫出聲，提姆表情嚴肅地低下頭。

「很抱歉。這件事才真的是違反了管家的保密義務。這絕不是一個輕微的罪行，但是請妳之後再罵我。其實，我跟門房說這件事是想讓他安心，結果他聽了卻把我罵了一頓。」

「因為你洩漏客人的隱私嗎？」

「不是。老實說，我們工作人員往往彼此會分享某種程度內的『祕密』。當然，只有這些祕密能讓我們提供更好的服務時，才會這麼做。」

我覺得提姆的說法有些歪理，但如果一直吐槽他，話題很難有進展，我便先選擇了忽視。然後呢？

「門房對我大罵：『為什麼你一副事不關己的樣子，你這樣也算是管家嗎！』我上次被罵得這麼兇是十五歲的時候。那時罵我的人是我爸。」

到底十五歲的提姆闖了什麼禍呢？

我很想知道，可惜現在不是問這件事的時候。

「一副事不關己的樣子，不是很正常嗎？這確實是別人的事啊。」

「的確是這樣沒錯。」

我想說，你真的不用為我的事這麼費心，但提姆用眼神制止了我。他冷靜地繼續說道：

「門房對我說：『你是管家，應該有看到她是多麼盡心盡力在照顧夫人。

雖然晚上她會出去玩，但是白天還是會穿得整整齊齊的守在夫人的身邊。她就是這樣的一個人，去布萊頓是她的心願。你怎麼這麼事不關己，假裝沒有看見呢？』」

「那個門房說了這些話？」

我吃了一驚。

在飯店所有的工作人員當中，門房是最嚴肅、也最嘮叨的老爺爺。沒想到，他竟然一直都用溫暖的眼神看著我一路以來的努力。

提姆也露出有點感傷的表情，點了點頭。

「他真的是很重感情的人，總是最快記住客人的名字和長相，對每個人都會平等地關心，不管是客人還是員工，他總是守護著每一個人。這樣的人就是真正的好門房。」

我想起每次門房跟我打招呼，他的聲音總是十分宏亮。

每次叮嚀我的時候，他大大的肚皮都要很辛苦地向前彎。

從飯店送我們出發時，他爽朗的笑臉。

光是想起這些，就讓我不禁流下淚水。
這時，剛剛提姆遞給我的面紙派上了用場。
唉呀，紙好粗。雖然很感謝提姆給我這張面紙，但是此時，我深深地感受到日本面紙的品質有多好。
提姆假裝沒看到我的眼淚，他面帶笑容地拍了一下手。
「所以，我們這群年輕員工就一起討論怎麼把妳平安地送到布萊頓，結論是搭車比較妥當，又擔心摩托車會發生事故，最後決定就是汽車了。」
「原來如此。」
「所以我才會臨時拜託傑克幫忙，因為他是我最信任的司機。」
聽到哥哥這句話，傑克從後照鏡裡對著我笑了笑。
他的笑容跟雙胞胎哥哥有些不同，只有右邊的嘴角揚起，大膽而狂野。
「我十幾歲的時候想當賽車選手，雖然一拿到駕照就在騎摩托車的時候出了一場大車禍，後來也放棄了這個夢想，但我現在還是很喜歡兜風，開車技術也很好。」

不，我不需要這樣的資訊啦！

我的安心和不安算是互相抵銷了。說起來，哥哥是飯店的管家，弟弟不知道是做什麼的呢？

如果我問了，會不會很沒禮貌？畢竟我們才見面沒多久。

我的猶豫似乎比言語還更有穿透力。傑克很乾脆地自我介紹：

「我現在在英格蘭國家歌劇團擔任男中音。」

「咦！」

我大吃一驚，這個職業太令人意外了。

在倫敦，說到歌劇，最有名的兩個團體就是「皇家歌劇團」和「英格蘭國家歌劇團」。

傑克說的「英格蘭國家歌劇團」有一個特殊的規定，就是所有的劇目都必須用英語演出。

或許因為如此，對剛開始聽歌劇的英國人來說，英格蘭國家歌劇團比較貼心，也比較容易入門。

不過，哥哥是飯店管家，弟弟是歌劇歌手，這對雙胞胎兄弟也太有趣了吧。

「好厲害喔！」

聽到我這麼說，傑克的反應很誇張。他愉快地哼唱了一小段莫札特的歌劇名作《魔笛》中的歌曲〈快樂的捕鳥人〉。

接著，他的手握方向盤，肩膀輕輕地聳動。

「謝謝妳。不過，我還沒拿到什麼重要的角色。真希望能和帕帕基諾（編注：《魔笛》中的一位主角）一樣大聲地說：『全國都認識我！』。」

「你的聲音很棒，這個夢想一定會實現的。」

我打從心底這麼說。

傑克的無伴奏演唱響徹了整台老舊的ROVER MINI，他的中氣十足，而且歌聲生氣勃勃，聽起來很舒服。

「我的職場可全都是聲音好聽的人、很會演奏的人和跳舞超帥氣的人。不過，被人誇獎沒有人會不高興的。要再多聽幾首嗎？」

「好啊！」

我立刻回應。傑克說：「那麼現在到布萊頓為止，就是我的特別演出時間囉！」接著他用更宏亮的歌聲開始唱歌。

這次他選的歌跟剛剛一樣來自《魔笛》，竟然是「夜后」的獨唱曲！

傑克將女高音歌手必須挑戰極限才能唱出的困難曲目降成低音，用男性的粗厚歌聲唱出來，而且還是用英文唱，聽起來十分奇妙。

車裡多處都與他的歌聲產生共鳴，發出細微的振動。

不愧是職業歌手，他的聲音非常宏亮，氣勢大概是剛剛的五倍。

這股魄力實在太驚人了，難以相信到目前為止他只演過小角色。

不過……車內的空間狹窄，我必須承認傑克的聲音有點大聲。

此時此刻，我深深地感覺到這就是「過猶不及」。

傑克的聲音非常好聽。

音準也十分完美。

簡單來說，傑克的歌聲對耳朵的負擔大概是「胖虎演唱會」的等級。

我知道用五音不全的胖虎來比喻職業歌手的歌聲，是非常失禮的一件事。

但我真的有些難受。聽完這首，也無法再喊「安可」了。

「我的頭都要裂開了，等這首唱完，我就叫他別再唱了，好嗎？」

提姆用提高聲量的悄悄話問我，我立刻表達了強烈的贊同。

如同我所猜想，傑克駕駛的汽車駛入了M23高速公路。

這條公路幾乎是直線向南，是一條很氣派的高速公路。雖然路燈少到令人驚訝，但也許是因為道路並不彎曲，而且不論哪一種汽車都會開車燈，因此才會這樣設計。

雖然提姆制止了傑克，但是傑克並沒有停止歌唱，他只是聲音小了許多，保持在哼歌的聲量。

從各種歌劇名曲、到我點的麗莎·史坦菲爾德的〈change〉，傑克都能收放自如地演唱。雖然他還年輕，但真不愧是職業歌手。

不過，說到道路狀況，也許他的預判還是有些天真。

「布萊頓是在倫敦工作的人居住的地方，早晚都會塞車，但現在這個時間應該沒問題。開快一點，最快一個半小時就能到。」

我們離開倫敦時，傑克是這麼說的。

然而，就在看似什麼都沒有的鄉下地帶正中央，我們遇到了神祕的塞車。

原因是夜間施工。

原來如此，在交通量較低的夜間時段進行道路修繕工程，也是合理。

現在只要連上網路，立刻就能找到施工資訊。但當時並沒有這麼簡單，因此這也不能怪傑克。

可是，傑克本人卻一臉抱歉地轉頭看著我。

「對不起！我想應該只會塞一下下，但是到布萊頓的時間還是會延誤。」

「真的是塞一下下而已嗎？會晚多久？」

提姆責問著傑克，他的聲音有點尖銳。

啊啊啊～～～別生氣！道路施工也是沒辦法的事啊！

「我怎麼會知道啦！」

一路上一直很開朗的傑克，回答的聲音也有點焦躁。

確實如此！這不是你的錯！

萬一這對兄弟真的吵起來，最坐立不安的一定是我。

「那個，沒關係啦！塞車也沒辦法，這是一定要實施的工程，也不是任何人的錯。而且，你們願意帶我去布萊頓，我已經很感激了。」

我實在太想緩和車裡的氣氛了，我的聲音聽起來比他們兩人還要急切。

提姆驚訝地看著我，他微微的苦笑了一下。

「抱歉，我太緊張了。妳說得對。但光是帶妳去布萊頓沒有意義，這是一個驚喜，必須成功才行。」

傑克也找回了原來的開朗，對提姆的意見表示贊同：

「沒錯，它是個驚喜，真的很棒！沒問題的，妳就放心吧，等我們擺脫了這裡的車陣，我會開快一點，把剛剛浪費的時間補回來。」

雖然很感謝，但我心領了！

我很想拜託傑克：安全第一。

「……好好的繫上安全帶吧。」

聽到提姆這麼說，我發現傑克不是在開玩笑，而是他真的要開快車，而且我們完全無法制止他。

「我知道了。」

再怎麼說，這一切都是為了我。我也必須做好心理準備。

我像搭飛機一樣認真地繫上安全帶，身旁的提姆則靜靜地畫了個十字祈禱平安。

持續塞車的時間比我們預期得還長。

除了道路施工之外，前方不遠處還有一場相當大的車禍。

我們的運氣實在太差了。我說了好幾次：「還是放棄吧。」但提姆和傑克一直不同意。

從他們的互動中，我覺得這兩人的感情說不上特別好，就是一般兄弟。不過，「只要開始做一件事就絕不中途放棄」這點上，他們真的很像。

從脫離車陣的那一瞬間起，傑克就開始「全力衝刺」，車速遠遠超過我的想像。然而，當我們抵達英格蘭東南方的海邊小鎮布萊頓時，已經是出發的兩個多小時後。

比當初預計的時間晚了三十分鐘。

我不知道我想找的人是不是還在工作，於是先請傑克把車開往布萊頓碼頭，途中看到他上班的大型超市還亮著燈。

之前在電話中，他說超市的改裝工程已經完成，今晚要進行重新開幕的準備工作。我想，這些工作應該還沒完成吧。

「喂，這樣應該有趕上吧？」

傑克光明正大地把車停在超市寬廣的停車場上，他整個身體都轉過來看著後座的我。

「快去吧，我們會在這裡等妳。」

提姆也微笑著對我說。

「但是，我們必須在夫人醒來前回到飯店。能給妳的時間不多……考慮到回程可能也會碰到塞車，妳只有三十分鐘。」

「時間已經很夠了！我這就出發！」

我解開安全帶，同時打開了車門。

等等提姆或許會幫我開門，但是我現在非常急切，無法再多等一秒。

「祝妳好運。」

我不知道說這句話的是提姆還是傑克。

因為我急急忙忙地跑下車。我像一把刀切開冰冷的海風，三步併兩步奔向大型超市。

在英國留學時，為了幫我的好友送忘在家裡的東西，我有好幾次都從超市後的員工入口進出。現在光是看到入口，我的思念就緊緊的壓迫著胸口。

我希望能見到他。

我內心祈禱著，用盡全身的力氣，將沉重的防火門推開一條大大的縫隙……

18 壞女孩對月亮發誓

Princess Grandma goes to London

和剛才進來時一樣，我從員工入口走到超市外面，發現夜風比剛剛更冷冽。

距離我們到達這裡，已經過了二十多分鐘。

提姆和傑克在車裡會不會很無聊呢？

我總覺得兄弟好像彼此不太會聊天，不知道這是不是我的偏見。

總之，我還是快點回去跟他們道謝吧。我不僅要謝謝他們，還要報告事情的經過。

我輕快地小跑步著，一路奔向停車場。

然而。

傑克的 ROVER MINI 不見了！

咦咦咦？他們明明說會等我的！可是我找遍了整個停車場都沒看到人！

難道他們把我一個人丟在深夜的布萊頓嗎？而且這裡還是距離城鎮中心很遠的碼頭！

怎麼會有人做出這麼邪惡殘忍的事？

不不不，這又不是在演連續劇，管家竟然背叛我，也太過分了吧？

我嚇壞了，整個人呆呆地站在空曠寬敞的停車場上。

這下糟了，我該怎麼回倫敦？

聽說布萊頓碼頭經過重新開發，現在已經頗為繁華，但是當時因為當地經濟不景氣，店家與電影院紛紛倒閉，只剩下加油站、酒吧和超市還在營業，十分寂寥。

說到當地的治安，可能比倫敦更糟糕。

我的胸口湧上了一陣不安。

怎麼辦。

怎麼辦？

我腦子裡出現一個弄壞了單簧管[9]的小男孩，精力充沛地唱著歌。安靜點！我現在可是面臨了生命危機！

我感到一股令人不適的寒意，從頭頂一路向下蔓延。

我實在太震驚，我快要昏倒了。

就在我想蹲下來的時候，聽到背後傳來熟悉的聲音。

「唉呀，妳動作真快。我以為妳會更慢一點。」

我一回頭，就看到他。

提姆！

提姆原本一臉笑容，在看到我泫然欲泣的表情後，這才慌張地跑過來。

「啊，抱歉，因為我突然拜託傑克幫忙，他一下班就直接開車過來。」

「……咦？」

9．出自日本的童謠〈我弄壞了單簧管〉，敘述一個小男孩弄壞了爸爸的單簧管，歌詞中有兩句便是：「怎麼辦？怎麼辦？」

「我不想讓妳擔心，所以一直瞞著妳。其實車子快沒油了。」

「啊！」

我發出恍然大悟的驚嘆聲。原來這對兄弟在塞車時，一直都在擔心車子會沒油，而我卻無暇顧及儀表板上的油錶。

真的很抱歉！

「你們是去加油了嗎？」

提姆點了點頭。

「碼頭的加油站已經打烊了，必須去遠一點的地方加油。考量到可能會有突發狀況，所以我留在這裡。但我實在太好奇了，忍不住跑到附近去走走逛逛，真抱歉，讓妳受了驚嚇。」

「我還以為你們丟下我不管了。」

我老實說出自己的想法，提姆聽了大笑出聲。

「怎麼可能！我只是去散步而已，夜晚的大海很美喔。妳以前就住在這裡，一定很清楚吧。」

聽他這麼說，我想起了一些令人懷念的往事。

「以前我跟朋友出去玩、再回到碼頭附近的家時，只要室友沒有工作，他一定會出來接我。我很喜歡跟他一起看著海，走在海邊的夜路上。」

「我懂。」

提姆點了點頭，接著提議：

「那要不要去那條海邊的路走走？傑克說要順便調整胎壓，還要再花一點時間。」

這個提議很棒，但要是我們隨意移動，傑克回來會不會找不到人？萬一剛好錯過了，回倫敦的時間會拖得更晚。

我把我的擔憂告訴提姆，提姆一臉若無其事地回答：

「這種時候，雙胞胎就真的很方便了。」

「咦？」

「我們大概都知道對方在做什麼、想什麼。可能因為DNA相同吧。」

「真的嗎？」

「真的。我們一直都是這樣。所以他一定知道我在哪裡。而且，一直在這裡等待也很無聊。一起去妳懷念的地方走走吧。」

提姆說完，一點也不遲疑地踏出步伐。

真的嗎？沒問題嗎？

我心裡還是有些不安，但更想去那個令人懷念的地方。

和以前與室友一起散步時一樣，我追上提姆的腳步，和他一起並肩走在海邊的街道上。

這條可遠眺海灘的道路，和我當時居住在這裡時一樣吹拂著強烈的海風。

不可思議的是，這裡沒有日本海邊那種海潮的氣息。或許是因為這裡的濕度比較低，天氣又有些寒冷。

半個月亮低低的懸掛在天邊，平穩的波浪反射著皎潔的月光。

遠遠地可以看到有名的觀光設施布萊頓棧橋，但照明已經關上，只能看到模糊的黑色輪廓。

路上幾乎沒有行人，只有我和提姆並肩遠眺著平靜的大海。

「妳見到他了嗎？」

提姆問了我一個簡短的問題。

我也簡短地回答：

「見到了。他嚇了一跳。」

「我想也是吧，我們的驚喜大作戰成功了。」

提姆這才看著我微笑。也許他心裡也很緊張，猶豫著什麼時候問我事情的經過。

「他很高興……但他看起來很累。其他員工也是。超市重新開幕的前一晚，感覺好像校園文化祭的前一天。」

「文化祭是什麼？」

「是學校活動。學生會表演戲劇、合唱、插花或樂器演奏，也有人擺攤。」

「聽起來很有趣。」

提姆笑得更開懷了。這是一個非常純真的笑容，他在飯店絕不會這樣笑。

「雖然很開心，但也很累人。尤其活動前夕，時間很晚了還沒準備完，大家都會殺氣騰騰的。超市裡的氣氛就跟文化祭前一天很像。走進去，我需要一點勇氣。」

「結果還好嗎？」

「他嚇了一跳，衝過來抱住我，大家一起發出尖叫、很熱鬧。這種感覺也很像文化祭的前夕，很開心。」

「那麼，剛才對妳來說是一段快樂的時光嗎？」

我用力地點頭，下巴都快要碰到胸口了。

「很快樂！……對了，他真的是我的靈魂伴侶，但不是我的男朋友。對我來說，他真的非常特別，能夠見到他真的太好了。能夠看到他的臉、跟他擁抱、聽到他的聲音，真的真的太好了。」

「我懂。戀愛不一定是人際關係的終點。」

提姆突然說了一句頗具哲學性的話。

我有點驚訝。提姆有些害羞地繼續說：

「友情、尊敬、思慕……有時甚至連強烈的敵意都能跟另一個人連結在一起。戀愛也只是其中的一種而已。我是這麼想的。」

我慢慢的咀嚼提姆說的話，接著忍不住發出一聲夾雜著嘆息的「對啊」。

就是這個。

我在日本之所以覺得喘不過氣，就是因為這件事。

十幾歲時，身邊的人總問我：「談戀愛了嗎？」二十歲以後，又總是催促我：「妳該結婚了。」只要我跟男性朋友在一起，就會有人起鬨，問我：「那是妳男朋友嗎？」

好像只要沒跟上戀愛、結婚、生孩子的風潮，就會被當成一個不完整、有缺陷的人類一樣，讓我覺得很痛苦。

雖然人們總說男女平等，但當時的社會風氣卻不能理解男女之間單純的友情與牽絆，總認為異性之間一定有戀愛情感。對我來說，真的倍感壓迫。

提姆只說一句話便拯救了我的心，我打從心底同意他的話，告訴他：「我也是這麼想的。」

提姆聽了，又看向黑暗的大海，接著突然說出：

「我之所以把妳帶到這裡來，真的是因為被門房罵了，好好的反省過。」

突然又回到原來的話題了。

我有點驚訝，慌慌張張地應和。

「啊，我知道。」

提姆眺望著月光下閃閃發光的波浪，繼續說道：

「其實在門房罵我之前，我就想要帶妳來這裡了。這是真的。所以，門房催促我、夥伴們鼓勵我、弟弟也幫助我，讓我能夠實現這個想法，真的太好了。我稍微忘記自己身為管家應該要有的自制，但這是正確的選擇。」

我更驚訝了，忍不住盯著提姆端正的側臉看。

「為什麼你會有這樣的想法？」

「因為就像門房說的，妳為夫人製造了很多美好的回憶。夫人每天都過得很開心。」

提姆這麼說著，轉頭看向我。

「所以，我希望妳把今天的事當成飯店員工們送給妳的禮物，而不是我一個人給妳的。我們希望妳也能擁有美好的回憶。所以，我們決定送給妳一個最棒的回憶。」

提姆的眼神很柔和，聲音溫暖又沉穩，我的胸口湧起了一股熱潮。強烈的海風吹得我身體發冷，心卻暖呼呼的。

這個禮物真的太棒了。

「我在離開布萊頓的前一晚，就是像現在這樣跟他在這裡看海看月亮。」

「原來如此。」

「那天的月亮很大，很接近滿月。我們對彼此說：不管在世界的哪一處，都可以看到月亮。雖然有時差，但如果能在看到月亮時想到，對方看到的也是同一個月亮，那就好了。如果能把給對方的話託付給月亮，那就好了。」

「那真的很美好。」

提姆說。我點了點頭。

「一開始我每天晚上都會想到這件事情，後來漸漸地變成隔幾天、隔一個月……最後只有偶爾才會想起來，我想這也是很自然的。不過，他說過，就算十年中只有想起對方一次，我們的心依然彼此相繫。」

「唉呀，這真是既浪漫又現實。」

提姆的感想很老實，我笑著回答：

「我第一次聽到的時候，也是這麼想的。但我今天晚上感覺到他說的話是真的。」

「為什麼妳會這麼想？」

「見到他我很開心、很快樂，我喜歡他的心情也沒有改變，但我可以感覺到，我們心靈的距離比一起住在這裡時遙遠。意外的是，我並不覺得難過。」

「真有趣。妳很喜歡他，卻不覺得彼此的心有了距離很難過？」

「對，我不難過。雖然有一點點寂寞，但這代表我們的生活都很充實。」

「唔。」

「如果生活忙碌，自然就無法去想不在身邊的人。但是……當有什麼事情發生，例如：難過的時候，或是開心的時候，想要跟人分享的時候，就會想起對方的臉。我們的心靈根源彼此相繫，即使不特別做些什麼，也能彼此支持。

剛剛見到他時，我覺得我們能一直保持這樣的關係。」

這次，輪到提姆花了一些時間消化我說的話。

提姆看看海，看看月亮，再看看海，接著看向我，說道：

「那麼在妳跟月亮的回憶裡，可以加上我嗎？只要很偶爾想起一次就好。」

「咦？」

「只要我還在飯店工作，像這次這樣魯莽的行動，恐怕再也不會有了。但是將來，當我需要鼓起勇氣的時候，我就會想起今天晚上，想起這時的月亮，想到能讓妳展露笑容是我的榮幸，藉此得到往前踏出一步的力量。」

在月光和稀疏的街燈帶來的微光下，提姆的笑容非常爽朗。

「希望妳也偶爾能想起妳和我曾經有過這趟祕密旅行，傑克……就無所謂了。其實，最好是回到飯店的瞬間，妳就忘了今晚的一切。」

真搞不懂提姆到底想要我記得還是忘記。

但是，我非常了解他的心情。我也很高興他希望我能記得今晚的他。

因此，我清楚地回答：「我不會忘記的。」

「真的嗎？」

「真的。當然，今晚的事情我不會告訴別人。不會告訴外……夫人，也不會告訴門房。我會把它當成重要的回憶，一個人默默的放在心裡。」

「就算妳忘記也沒關係，我會記得。」

「不，我不會忘記的。也許真的很偶爾才會想起一次，但它不會從我心裡消失。因為你和傑克帶我到這裡，這件事對我來說就跟見到他一樣開心。」

「聽到妳這麼說，我也很開心。」

提姆說完，似乎有點猶豫，但最後還是對我伸出了右手。

這是我跟他第一次握手，應該也是最後一次。放開他的手時，我覺得有些不捨。

就在下一秒，道路的方向突然傳來響亮的喇叭聲。

接著，我聽到傑克用好聽的聲音大聲怒吼著：「還有時間在那裡悠閒看海！趕快回去了啦！」

傑克真的知道提姆跟我在哪裡，這一切似乎都是理所當然。

「妳看，這就是雙胞胎的魔術。」

提姆逗趣地歪了歪頭。傑克從ROVER MINI的車窗裡催促著我們趕快上車，提姆對他揮了揮手。

「走吧，我們要在夫人發現前讓妳鑽進被窩，這樣才算任務成功！」

聽起來就跟「在回到家的前一刻都算是遠足」一樣，我忍不住笑了出來，跟著提姆一起把身體塞進ROVER MINI狹窄的後座。

接著，車子再度以驚人的高速開始奔馳起來，我發出驚叫。我們就這樣離開了令人懷念的布萊頓。

19 外婆公主最後的午餐計畫

Princess Grandma goes to London

因為時差的關係，我在倫敦的這段期間，早上總是會自然醒來。

這時，剛好也是外婆起床想上廁所的時間，因此對我們來說，都很方便。

我把剛剛起床、腳步比平常更不穩的外婆扶到廁所，接著準備早上要喝的綠茶和從日本帶來的酸梅。

飯店房間內的煮水壺（現在在日本也很常見）煮沸開水的速度極快，在外婆慢悠悠地上廁所的時候，我就能把茶水準備好，時間還綽綽有餘。這麼方便的生活，真令人感嘆。

啊，這樣的早晨，今天已經是最後一天了。

待在倫敦的最後一天，醒來以後，我第一件想到的事就是這個。

旅行幾乎要結束了，這讓我感到安心，同時又有不可思議的寂寞。

我曾看著外婆邊睡邊說夢話的側臉，沒禮貌地想著：「到底為什麼年紀大了之後鼻子就會變得這麼塌？」但不知為何，現在就連這樣的往事都讓我覺得很溫馨又珍貴。

事實上，這一天是我最後跟外婆在同一個房間裡共度夜晚。

這次旅行之後，我再也沒有跟外婆兩個人一起外出遠遊。

為什麼呢？為什麼我之後都沒有跟外婆像這樣兩個人外出旅行呢？

現在我在寫這篇文章時，心中湧起了深深的後悔，但並不感到疑惑。

因為我沒有再跟外婆一起旅行的理由，我非常的清楚。

這實在是因為……

這趟旅行，真的真的真的，太累了！

現在在寫這本書的同時，我才驚覺這趟旅行中自己學到的、得到的事物有多多、多大，因此大感震撼。但當時的我太年輕了，還無法察覺這些。

當時的我只覺得，自己完全被囉唆、難相處又任性的外婆耍得團團轉。

我真是一個什麼都不懂的笨女孩。

外婆的丈夫，也就是外公，在我懂事之前就已經去世。因此，當時的我對於「身邊親友過世」是怎麼一回事，仍似懂非懂。

遺憾的是，當時的我並沒有危機感，不知道我在不遠的未來就失去外婆，再也無法跟外婆見面、說話……

我只是很高興自己終於能把外婆平安無事地帶回家，也有一點點「好不容易熟練了，一切卻要結束了」的遺憾，這種心情就像國高中時的社團合宿結束時一樣。

我們吃早餐時，那位西班牙裔侍者因為就要跟外婆離別了，特地準備了一顆特大顆的哈密瓜和堆成一座小山的草莓。

「夫人，妳要是想念這裡的早餐，無論什麼時候都歡迎您再來。」

外婆聽了感慨萬千地點了點頭。

當時的外婆到底是什麼樣的心情呢？

是真的想要再來倫敦一次呢？還是已經預料到不會有這一天了呢？

雖然外婆有各種疾病，她還是很想活下去。我希望，她當時的確是想要再訪倫敦的。

若是一般的住宿方案，旅客在用完早餐後、早上十點前就Check out。但外婆與我搭乘的飛機，是傍晚才會從希斯洛機場出發。

如果只有我一個人，我一定會把行李寄放在飯店，然後就出去購物或觀光，盡情的享受旅遊到最後一刻。但外婆明顯已經體力不濟。

雖然她的身邊一直都有翻譯，但人在語言不通的國外，還得面對吃不習慣的料理和一連串的初次體驗，要一直維持精神抖擻實在太困難了。

因此，叫外婆在外面待到傍晚，實在太為難她了。

我事先和提姆商量過，得知我們住的房間暫時沒有人預約，可以讓我們在房間裡待到下午兩點，也就是必須出發到機場的時間。

這可以說是把延遲退房做到了極致。

「我知道了。沒問題，到妳們出發為止，這裡都是夫人的房間。請好好的休息吧。客房服務和其他的事情都請照舊，吩咐提姆就好。」

早餐過後，經理特地來到我們的房間說了這些話，讓外婆安心。

「他們人真好！」

經理離開後，外婆心有所感地感嘆了一句，接著立刻脫掉衣服躺到床上。

我拿起還沒塞進行李箱的睡衣，幫忙外婆穿上，然後惶恐地開口發問。

「在妳睡覺的時候，我可以出去買點東西嗎？」

外婆張開了幾乎已經完全閉上的眼睛，仰望著我的臉。

「妳要買什麼？」

雖然已經累得不得了，還是對購物很有興趣。不愧是我的外婆。

「嗯……我想去瑪莎百貨。呃，舉個妳能聽懂的例子，就是英國的『Ikari超市[10]』，有賣很多自家商品。」

「妳要特地跑到超市去買東西？」

「英國的超市很好玩啊！我要買給朋友的土產，還有自有品牌的奶油酥餅，那個很好吃，還有便宜的紅茶、巧克力棒……」

「唉呀，給朋友的土產竟然買超市的東西，妳要是這麼缺錢，我就得給妳零用錢了。」

「不用啦！那裡是高級超市，沒關係！而且瑪莎百貨的奶油酥餅真的很好吃喔！我也幫妳買一個吧？」

「不用了。」

外婆拒絕得如此乾脆，讓我有點失望。但我還是問了另一個問題。

「午餐妳要怎麼辦？可以出去吃，但還要換衣服出門很累吧。要不要叫客房服務？昨天妳說三明治很好吃，雖然不知道是不是完全一樣的東西，不過菜單上也有燻鮭魚三明治喔。」

我以為外婆一定很想吃，所以才這麼問。但外婆卻閉著眼睛，雙手交扣在胸前，以彷彿就要從此永眠的姿勢回答：

「妳買回來。」

10．關西有名的高級超市，販售各種進口食材，是許多貴婦喜歡的購物場所。

「咦？妳要吃外面賣的三明治嗎？對了，瑪莎百貨也有賣很多種類的三明治……」

「我不要吃三明治。昨天吃夠了。」

看來昨天續的那一盤，已經滿足了外婆對三明治的渴望。

那怎麼辦？我該買什麼才好？

我最推薦的美食是路邊餐車販賣的烤肉串，但是對現在的外婆來說，肉串的負擔好像太重了。

也有可以單片購買、薄而大片的披薩，但是跟烤肉串一樣，對外婆來說份量太多了。

可是就算午餐吃輕食，考量到外婆的年齡層，她也無法接受只吃沙拉就當作一餐。

我天人交戰之際，外婆像聽到神諭的巫女般，用嚴肅的表情和語氣開示：

「我要吃壽司。」

聽到這句話的瞬間，我就像當時尚未誕生的《相棒》主角杉下右京，立刻說出他的經典台詞：

「欸？？？」

今天就要回國了，在英國吃的最後一頓午餐竟然是壽司？

回家之後再叫外賣不就好了嗎？啊啊啊啊……！

這麼說來，也許外婆心裡一直記得昨天沒吃到倫敦三越的日本料理餐廳……

現在想在倫敦買到壽司，並不怎麼困難。

日本料理餐廳變多了，餐點品質也很好。雖然多了一些外國特有的創意，但當地的各種餐廳現在都有賣壽司餐盒。

現在只要說SUSHI，每個人都聽得懂。對歐洲人來說，壽司已是日常生活中的「健康食物」。

柚子和山葵等日本料理食材也很容易買到，一口咬下壽司的瞬間，常讓我驚覺這是非常正統的日本味（有時還會和絕妙的西洋風味融合在一起）。

然而，當時在英國吃生魚片的人仍是少數，迴轉壽司店也才剛剛登場。

而且放在迴轉壽司店轉檯上的「壽司」，經常和我們想像得不太一樣……

外婆應該不會接受這種店家的外帶壽司吧。

我內心感到一陣絕望，但還是試著說服外婆。

「壽司等我們回國之後再吃，才能吃到比較好吃的啦……」

「我今天就是想吃。」

我就知道！

外婆只要話一說出口就不聽人勸，真的很像三歲小孩。

看來，我只好先衝到倫敦三越百貨，問餐廳賣不賣外帶壽司了。

如果不行，就去Japan Centre吧！那裡應該也有壽司（當時是固定每週某幾天販賣）……就在我心裡盤算著怎麼買到壽司之際，外婆再次稍微的睜開眼睛，繼續說道：

「妳要買好一點的壽司回來。我們受了人家很多的照顧，我想在這裡請他吃『真正的壽司』。」

「！」

我立刻就察覺到外婆說的「他」是誰。

提姆。

從我們在這裡喝著日本茶、和提姆聊迴轉壽司的那一天開始，外婆就一直非常在意。

今後這間飯店一定會有許多來自日本的旅客。

我曾聽到外婆喃喃自語：「萬一以後遇到日本客人，提姆說：『我只聽過迴轉壽司。』會砸了一流飯店員工的招牌。」

原來如此，我發覺外婆想對提姆表達謝意，立刻大聲回答：「我知道了！」

「我會先問提姆有沒有時間，不論他的答案是什麼，我都會買好吃的壽司回來。如果提姆沒辦法過來，我們就兩個人一起吃好吃的壽司。外婆就安心地睡吧，OK？」

「……」

沒有回應。

我心想著外婆是哪裡不滿意嗎？接著才發現她已經睡著了。

現在外婆的可行動時間，就跟地球上的超人力霸王[11]差不多。看來必須讓她好好睡到中午、稍微恢復體力，否則午餐也別想吃了。

我幫外婆蓋上毯子，拎起裝著錢包的包包，靜靜地離開房間。

「唉呀，今天我故意沒有讓清潔人員進房間，妳有需要什麼嗎？還是因為今天是最後一天，妳從早上就要當個壞女孩？」

前往大廳的途中我遇到了提姆。他雙手抱著幾本義大利文的大開本書籍。或許下一組旅客是義大利人的緣故，提姆為了尋找話題，於是找來「參考資料」。

我心想：不愧是管家，他真的很努力。接著我回答他：

「我已經從壞女孩畢業了！今天是好女孩。現在是最後一次出去購物，我要買一些送朋友的土產。」

提姆聽了微微一笑，說：「那真不錯。」

「夫人呢？」

「已經睡熟了。希望她至少能恢復一些體力。」

「說得也是，回去也是一趟漫長的航程。希望她能在寬敞的床上休息到出發之前。」

「謝謝你。對了，我有件事要跟你商量……」

我告訴提姆：夫人希望我們三個人午餐能一起享用壽司，在這間房間留下最後的紀念。壽司就由我現在去買。提姆聽了有些驚訝地稍稍揚起了眉毛，問我：「真的嗎？」

他的意思不是「妳是認真的嗎？」而是「我真的可以接受嗎？」

「當然。夫人說希望你能吃到真正的日本壽司。我會盡量按照她的要求，買正統的壽司回來。」

聽到我這麼說，提姆很快地恢復了平常的笑容，輕巧地對我行禮。

「我很榮幸。抱歉讓妳跑一趟。真的很不好意思，我完全不懂壽司。」

11．日本的特攝影集《超人力霸王》的主角。在地球上由於各種環境限制，變身成超人力霸王後只能維持三分鐘。

「交給我吧！我會加油的。」

「謝謝妳。不過，我要在客人的房間裡飲食，還是需要主管的同意。我保證一定不會辜負夫人的心意。很期待品嚐真正的壽司。」

「ＯＫ，那我買完回來就打電話給你。在那之前，你就好好的讀書吧。」

我指著他手上的書說。提姆調皮地皺了皺眉，一隻手做出了中指靠向食指「祈求幸運」的手勢。

「我要苦讀義大利文的書，妳要去買壽司，希望我們兩人都有好運氣。」

「好！那我要趕快出門了。」

我也做了同樣的手勢，接著精神奕奕地快步走向飯店大廳。

20 祕書孫女的壽司任務

Princess Grandma goes to London

顧及外婆的身體狀況，在這趟旅途中，我們都是乘坐計程車移動。但只有我一人獨自外出時，徒步或搭乘地下鐵、巴士就夠了。

我一身輕便正要離開飯店時，果然又被那位體格魁梧的門房叫住。

「唉呀，壞女孩，妳又丟下夫人了。」

他的語氣嚴肅，蓄著漂亮鬍子的臉上卻是八分玩笑、兩分認真的笑容。

「我是幫夫人跑腿，要去找正統的外帶壽司。」

聽到我的回答，門房嘀咕著：「如果要吃壽司，服務員可以介紹餐廳給妳們啊……」他說到一半，卻又停了下來。

「妳們要吃正統的壽司、又要外帶，也許真的很難找。希望能找得到。不過，如果真的不順利……」

他沒有說出「打電話回來」，而是做了一個把話筒放在耳邊的逗趣手勢。我回答：「好！」對他揮揮手，接著走向飯店外的道路。

我的第一個目標，當然還是倫敦三越百貨。

現在回想起來，倫敦三越百貨距離我們住宿的飯店其實並不近，但不知為何，人在英國時，我總是稀鬆平常就可以徒步走上很長的一段路。

我走進倫敦三越百貨，剛好見到昨天替我們服務的女店員。她「唉呀！」了一聲，笑著走上來迎接我。

「我記得您說今天要回國了？是不是忘了買什麼東西呢？」

「啊，不是……我想問地下一樓的日本餐廳……」

我簡短地說明了外婆的心願。

店員聽得很仔細，但是當我說完之後，她的神情有些困惑地搖著頭。

「雖然是我向您推薦那間餐廳的，我也很希望能實現夫人的願望，但是……壽司有保存期限的問題，因此不提供外帶。有些事在日本是常識，但在這裡還不適用……」

原來如此。

不習慣處理生魚片的人，確實很可能買了外帶的握壽司，回到家就放在桌子上，忘了它需要保鮮。

因為無法保證在顧客食用之前，壽司都能保持新鮮，因此不做外帶。這其實是一種誠實負責的態度。

然而，聽到壽司無法外帶，我還是感到非常失望。店員似乎打從心底感到抱歉，接著又向我提議：

「買便當不行嗎？雖然裡面沒有生魚片，但它也是正統的日本食物，真的很美味。如果是便當的話，餐廳一定能替您準備。」

這次輪到我搖頭了。

「外婆堅持要請人吃壽司。她說的壽司一定是握壽司，就算要妥協，至少也必須是海鮮散壽司……啊，跟餐廳說我們是日本人，知道握壽司怎麼保存，買回去就會在旅館立刻吃掉，這樣也不行嗎？」

「嗯……我去轉告他們，請他們問問看主廚。請在這裡稍等。」

店員特地幫我去餐廳詢問，我只能滿懷感謝地喝著她替我泡的茶，待在原地等待著。

不久後店員就回來了，但是臉上的表情並沒有喜悅……

「很抱歉。餐廳說目前握壽司無法外帶。我有問散壽司可不可以，但他們正在準備開店，非常忙碌……」

那是一定的！如果我是主廚，在午餐時段前的準備時間，突然叫我做很費工夫的散壽司，還只要三人份，我一定會發飆。

店員明明也知道，卻還替我提出這樣的要求，我有點擔心她被廚房員工罵，於是從座位上站起來，對她道歉並致謝。

「我才抱歉提出這麼困難的要求，花了妳這麼多工夫。真的很謝謝妳這麼親切。」

我不能再繼續打擾她工作了。

就在我轉身走出店門之際，店員叫住了我，她小聲地說了幾句悄悄話。

「抱歉，雖然我不是記得很清楚，但之前聽說有個地方開了壽司店。我不知道那裡有沒有賣握壽司，給您這麼不確定的資訊很抱歉。」

「！」

店員竟然有這麼可靠的資訊！

現在的我就像是溺水的人，即使是一根稻草，也想極力抓住。「我會去看看！謝謝您！」我又道了一次謝，便立刻從倫敦三越百貨飛奔而出。

我的目的地不是原本預計接下來要去的Japan Centre（現在已經搬到別的地方去了），而是附近的SOGO倫敦店。這間百貨公司現在也已經不存在了。

SOGO倫敦店的建築十分厚重，裝飾性極強，百貨前方有一座噴水池，其中還有我記得是英國王室某位成員贈送的大型的馬匹雕像，躍動感很強烈。

因為氣氛太莊嚴了，至今我沒有進去過。

走近百貨一看，我發現入口旁有一個和建築規模完全不搭的小型外帶區。

櫃檯對面站著一個似乎是日本人的年輕女店員，她看起來有點閒。

我鼓起勇氣走過去，看了看櫃檯兼玻璃冷藏櫃裡放的東西。

冷藏櫃裡放著幾個包裝得很仔細的小木盒，木盒前擺放的物品就是日本文化的精華——作工精巧的食物樣品。

找到了！

那些樣品的的確確就是壽司！

放在冷藏櫃裡的有：壽司卷和豆皮壽司組成的助六壽司組、大概是為了不吃生食的人而準備的素食壽司捲，還有盒裝的握壽司！

看了樣品之後，我發現那是正統到令人驚訝的握壽司。

雖然看不出白身魚是哪種魚，但至少有鮪魚、蝦子和鮭魚壽司。

一人份是十貫（10pcs），旁邊還附薑片（pickled ginger）和煎蛋卷（sweet Japanese omelette）。

嗯，它看起來比日本賣的壽司餐盒份量還大。

我滿臉喜悅地盯著玻璃櫃看，女店員露出「終於有客人來了」的開朗笑容，向我搭話：「您是來觀光的嗎？」

「對，我是來觀光的。我跟外婆一起來，她很想吃壽司，所以我出來找。」

聽到我這麼說，女店員開心又自豪地回答：

「沒錯！一定很想念日本的美味吧？我們是最近才開始賣壽司的，很受客人的好評呢！請參考看看。」

就算跟她說明前因後果也沒有幫助，因此我只是曖昧地點點頭，若無其事地看了食物樣品旁邊的標價，不由得發出一聲小小的驚呼。

果然，價格相當的昂貴。

老實說，比我預期得還更貴。

英國本來外食就很貴。而且當時的英鎊匯率遠比現在高，把標價的金額換算成日幣，會得到一個令人頭暈目眩的數字……這種事情常常發生。

另一種常發生的狀況是，我和朋友吃一頓輕鬆的午餐，朋友開心地說：「這間餐廳價錢很合理。」但事實上，我們一個人得掏出將近三千圓日幣。我不禁在心裡嘆了一口氣。

每次去便利商店，我都會想起當年留學英國時，發現Japan Centre賣的

pocky一盒要價超過一千日幣。我只能哀傷又怨恨地看著它，感嘆自己想吃但又買不下手。

先不提陳年往事了，眼前這盒握壽司的價錢，足足可以讓我在日本吃一頓豪華的法式午間套餐。

平時看到這樣的價格，我立刻就會放棄。可是！

今天我有非常特別的理由。

有一個活動，一旦錯過今天，就沒辦法舉辦了。

即使規模很小，但是對外婆和我來說，這個計畫真的很重要。

金錢很重要，但是一擲千金的決心也很重要！

我原本就希望最後的午餐由我來買單。

雖然我是來照顧外婆的，但我很感謝外婆讓我一起參與這趟豪華的外國旅遊。對於一路以來一直幫助我們的提姆，不僅外婆想要謝謝他，我也想要具體地表達自己的謝意。

所以，我一定要買這些壽司。

即使它貴到讓我必須放棄幾件要買給自己的東西，也無所謂。

因為我買的不只是握壽司，而是一生的回憶。

下定決心之後，我告訴女店員：「請給我三人份的握壽司。」

女店員有些驚訝地瞪大了眼睛，說：「唉呀，您要三人份嗎？謝謝您。不過，現在已經做好的握壽司只有兩人份……」

啊啊啊，都已經到這一步了，又遇到問題了嗎！

我心裡哀叫著，女店員卻微微一笑，一隻手比向店面示意。

「您願意等一下嗎？我請廚師幫您現做。不過，機會難得，我請他三份都幫您現做好不好？」

我當時的心情彷彿在厚重的灰色雲層中，看到金黃色的陽光灑落。在我的人生中，這樣的經驗絕無僅有。

「麻煩妳了！」

我立刻回答。店員也面露喜色，說道：「我請廚師馬上幫您做！」她轉身快步進入店內。

接下來，我等了二十分鐘。

女店員一走進店裡，我就發現「店外都沒人，萬一小偷來了怎麼辦……」，我邊等邊覺得自己好像在幫忙看店。等著等著，女店員終於抱著壽司盒，快步地走回來。

她臉上的笑容，跟剛剛一樣非常的燦爛爽朗。

她一面說著「現在就幫您包好」，一面把某個東西放在壽司盒的蓋子上。仔細一看，這還是我在英國第一次看到保冷劑。

「這個……是不是……？」

我不由得用手指向它，女店員眉目低垂，點了點頭。

「沒錯。壽司需要保冷劑，但這裡沒有，必須從日本調貨過來。還有白米、盒子和一部分的魚也是……」

聽到她這麼說，我仔細看了看木盒，它應該是真正的杉木做的。

原來如此，難怪會這麼貴。我在心裡默默地接受了這個價格，一拿起女店員仔細包好並裝入紙袋的壽司，立刻就啟程返回飯店。

萬一真的沒時間購物，在機場解決就好。

現在更重要的是，我必須盡快讓外婆跟提姆吃到剛做好的握壽司。

我回到房間，打了電話，提姆立刻就來了。

「主管很羨慕我，竟然可以在客人的房間吃到真正的壽司。原本應該恭敬地拒絕您的好意，但主管告訴我：『你要好好的回應夫人的溫柔，這才是一個管家應該做到的，也要好好的學習。』」

原來如此，提姆之所以是個很棒的管家，也是因為他有一群很棒的前輩。

在提姆泡綠茶的時候，我心裡一面想著這件事，一面在浴室幫忙外婆換衣服，接著將木盒並排放在房間裡的圓桌上。

我也想過要不要把壽司裝到盤子上，但當時，我覺得放在盒子裡、不要隨便觸碰，更能保持壽司的衛生和美觀。

「唉呀，妳真的找到壽司了！」

換完衣服的外婆，或許是因為午睡產生了效果，她的精神十分飽滿。

外婆看到日本的正統木盒，還沒打開盒子看到裡面的壽司，便滿懷期待。

其實我沒看過盒子裡面的壽司，不知道它是否正常。不，我相信它一定沒問題。

「對呀，我找到了。比我想像得還順利。」

我一面回話，一面把醬油倒進提姆借來的WEDGWOOD小碟子裡，再附上免洗筷，就準備好了。

雖然沒有湯可以喝，有點遺憾，但相信外婆跟提姆可以通融。

提姆把茶送過來，在每個人面前各放了一杯，小小的「房間派對」便準備就緒了。

「你也坐吧。」

外婆身為主人，以莊嚴的姿態請提姆入座。

「很榮幸能接受您的招待，夫人。那麼，我失禮了。」

提姆鄭重道謝後，他在椅子上坐下。

現在回想起來，這是我第一次看到提姆在這個房間裡坐下。

感覺很新鮮，好有趣……我心裡這麼想著，也跟著入座。

桌子是圓桌，我跟提姆自然地圍在外婆的兩旁。

提姆還在工作時間，因此他不能喝酒。

我們輕輕的舉起注滿了熱茶的茶杯，先互相「乾杯」。

我們對彼此道謝，氣氛溫馨愉快。

對我與外婆來說，這是在倫敦的最後一頓午餐，相信它將是一段非常特別的時光……

21 招待管家吃壽司午餐

Princess
Grandma
goes to
London

「開始享用午餐吧。」

聽到外婆這句威嚴十足的號令，我們幾乎同時打開了木盒的蓋子。

三個人同時發出了「喔」的一聲。

不過，這聲「喔」包含各種不同的情緒。

有感動，也有其他的感受。

我差點就說出一句不經修飾的感想：它看起來好像樂高積木。

放在盒子裡的物體，確實是握壽司。

然而，它給人的印象跟店家擺放的樣品大不相同。

確實是十貫握壽司、煎蛋卷加上醃薑片。

壽司上的生魚片種類也和招牌上寫的一致。

為了廚師的名譽，我必須聲明：壽司上的生魚片都充滿了光澤、邊緣平整俐落，也很新鮮。看起來非常的美觀。

致命傷在於……壽司的尺寸。

或許為了配合英國外食的份量，這盒壽司的醋飯多，生魚片也非常大塊。

雖然還不到飯糰的程度，但它的尺寸足足有日本迴轉壽司店裡握壽司的一點五倍大。

因為做成剛好放進木盒的大小，所有壽司都緊緊的貼在一起，彼此擠壓。

因此，從正上方看，就像是五彩繽紛的磚頭鋪在一起。

這看起來有點糟糕。

剛才買到壽司的興奮感立刻消失無蹤，我的背上盜出一身冷汗。

外婆在家裡招待朋友時，常會叫外賣壽司，因此我也吃過幾次。

外賣的壽司會裝在黑色的圓盤壽司盒中，小巧的壽司就像柳葉細細長長的，每個壽司之間的距離很遠，排列得十分精巧。很顯然地，跟我們現在眼前的壽司，天差地遠。

跟日本的外賣壽司相較之下，眼前的壽司足足有它的三倍大。

外婆已看慣那間店的握壽司，對她而言，盒裡的壽司稱得上巨無霸。

誠然……大勢已去也。

我實在太過狼狽了，連說話用詞都變得莫名講究，緊張兮兮地等著外婆說出什麼感想。

然而。

「……真氣派。」

外婆卻說出這樣的一句話。

我以為外婆會直接說「這種東西根本就不是握壽司」，結果她卻繞了好幾個彎，用詞也十分含蓄，而且表面上這還是一句讚美。謝謝外婆！

或許是因為外婆宣稱要「招待提姆吃真正的壽司」，因此無法在提姆面前顯示出自己的失望，但我相信外婆多少也察覺到我的辛苦。

「我希望它的大小能再高雅一點，但你們是年輕人，也許這種尺寸正合適。來吧，快開動。」

外婆請提姆快點吃壽司，我看到她的眼神中壓抑了驚訝、失望與憤怒等情緒，取而代之的是閃閃發亮的好奇心。

外婆似乎很想知道，提姆會怎麼享用這些巨大的壽司，他又會有什麼樣的反應呢？

「那我就開動了。對了，我查了資料，發現日本在開始享用食物之前，會說『我開動了』，對不對？」

提姆展現出他喜愛學習的一面，同時慎重地、靈巧地將免洗筷掰成左右幾乎均等的兩邊。

外婆有些擔心地問：

「你會拿筷子嗎？」

「我常外帶中國菜，所以算是會用。但或許日本人會看不下去。」

提姆兩手遮住臉，從指縫中窺看外面，用表演的方式表現「不忍心看」。接著，他用有點危險的方式把筷子用力插進並排的壽司之間，將最旁邊的鯛魚壽司向上撈起來。

他用筷子的方式與其說是用夾的，不如說有點像在挖掘。不過，至少他成功地將第一塊壽司拿起來了！

「我在日本的禮儀教科書裡學到，壽司要這樣沾醬油才對。」

提姆露出我從沒見過的認真表情，他拿著筷子的那隻手從肘關節處慎重地迴轉，把壽司醋飯放到小碟子裡，沾了許多的醬油。

這種動作我在某間工廠看過。那是機器手臂的動作。

我把這個感想放在心裡，緊盯著提姆看。提姆的嘴巴張得大大的，一口便把整塊巨大的壽司吞了進去。

外婆忍不住用力鼓掌。

要不是外婆的腳不方便，不然我覺得她可能會起立鼓掌。

「沒錯，握壽司就是不要咬，一口吃進去才好看。你真棒！」

「唔嗚唔，唔嗚唔嗚唔唔唔。」

提姆當時的答覆，翻成日文大概是這種感覺。說完之後，他繼續狼狽地努力咀嚼。

我想，提姆說的意思大概是：「這也是我在書裡學到的。」

外婆專心到忘了呼吸，一心一意地等待著提姆的感想。

提姆也發現到了這點，但他的咀嚼遲遲無法結束，雖然表面上裝得一派冷靜，其實他已經掩飾不住焦急。

我既擔心提姆被壽司噎住，也害怕外婆安靜到窒息，只能在一旁著急地看著他們。

室內充斥了莫名的緊張感，提姆終於借助茶水的力量，將壽司完全嚥下去。他發出了一聲不知道是滿足還是安心的嘆息，說道：「原來這就是日本正統的壽司。」

不，其實不太一樣。

雖然是日本的壽司，但並不是完全相同。

不過，這確實是廚師盡快幫我們做好的真正的握壽司。只是，它們的尺寸是巨無霸等級。

「這是……倫敦的正統壽司。」

我努力地把話講得婉轉，提姆用興味盎然的眼神表示同意。

「原來如此，有些食材在其他國家還是很難取得吧。不過，它很美味。至少跟我在壽司店吃到的完全不一樣。到底是哪裡不一樣呢……」

提姆沒有立刻夾起下一個握壽司，而是藉由啜飲熱茶來調整自己的狀態，稍微思考了一下，他才說道：

「對了，魚跟米飯的搭配很和諧，魚刻意沒有調味，米飯有點甜，又有些剛剛好的酸度，淋了口味溫和的醬汁。再沾上醬油補足鹹味，可以讓每個人都享用到自己喜歡的調味比例。」

「我從來沒有這麼認真地思考過壽司的構造，聽你這麼一說，好像確實是這樣。」

我很佩服，也同意提姆的意見。翻譯給外婆聽之後，外婆以比起公主、更接近女王的氣勢點點頭，開心地說：「果然，懂的人說的話就是不一樣。」接著她又繼續說：

「壽司飯看起來會有點紅紅的，那是因為做的時候使用了紅醋。紅醋是江戶時代發明的，原料是酒粕。它不像米醋那種尖銳的酸味，而是具有柔和的酸味和甘甜，還有很強的鮮味，很適合用來做壽司飯。啊，不過江戶時代會使用紅醋，是因為它比米醋便宜，江戶時代的壽司尺寸比較大，是攤車會賣的庶民小吃……」

啊啊啊，外婆，別再說了~

外婆一定是基於長輩的心態，想盡量多教提姆一些壽司的知識，希望他學會之後，能夠讓以後遇到的日本旅客感到驚豔。

但是，我也很希望外婆能體貼負責翻譯的我。

現在，日本的食物在歐洲已經流行很久了，在提到「鮮味」這個詞時，直接說「UMAMI」[12]，歐洲人也聽得懂。

在歐洲的超市，看到商品名為「UMAMI PASTE」的軟管包裝高湯膏，也是

12．鮮味的日文發音。

很稀鬆平常的事。

但是，當時在英國是沒有「鮮味」這種概念的。

而且，「酒粕」的英文到底該怎麼說啊？

我煩惱了許久，最後不得已用說明的方式，告訴提姆「酒粕就是類似釀葡萄酒時剩下的葡萄渣滓」。要把外婆傳授的知識全部翻成英文，真是大工程。

「夫人，您們也請用。」

話題告一段落之後，這次是提姆請我們用壽司。不知道外婆是不是也打算一口吃掉巨無霸壽司？

當時外婆已換上部分假牙，我不確定她能否一口就吃掉這麼大塊的壽司。

就在我膽顫心驚之際，外婆一臉鎮定地把木盒推向我，說道：

「幫我全部都切成三塊。」

原來如此，只要把一貫都切成三貫，就沒問題了。不愧是夫人。

可是，房間裡只有切水果用的水果刀，我不確定刀夠不夠鋒利。拿來切握壽司的話，可能不太足夠。

我跟提姆說了之後，提姆立刻從廚房借來蔬果刀和小砧板，我藉著這些工具，終於替外婆做出了迷你尺寸的握壽司。

提姆輕而易舉地把十貫全都吃完了，接著便幫忙吃掉外婆吃不完的壽司。外婆似乎感覺到彼此的親近，因此心情很好。

外婆喝著餐後重新泡好的熱茶，心有所感地對提姆說：

「真的很謝謝你願意跟我一起吃壽司。原本我是希望能幫助你了解壽司，但反而變成我的美好回憶。你真的不討厭生魚片嗎？」

面對外婆有些擔心的提問，提姆很清楚地回答：「我不討厭生魚片。」

「老實說，我一直到成年為止都沒辦法接受生魚片。在我家，肉、魚和蔬菜都要徹底煮熟才會吃。但是，後來我跟朋友一起去義大利玩，心驚膽跳地吃了那裡的生魚片，才發現它令人驚豔的美味。從那之後，我就很喜歡吃新鮮的生魚片。」

外婆透過我的翻譯聽懂了之後，她驕傲地挺起胸膛。

「今天吃的壽司，上面的魚肉都很新鮮。義大利的生魚片也不錯，但日本的生魚片也很好。希望你以後一定要來日本，品嚐日本的各種美食。」

「好的，我也很期待能像今天一樣，在日本聽夫人『講課』……我一定不會忘記今天的，以後每次吃到壽司，就會想起夫人。」

「我也是，以後每次吃壽司，就會想起跟你一起吃過這麼大尺寸的壽司。一定每次想起來都會很愉快。」

「我也是。您是我的壽司老師。」

提姆說著站起身來向外婆伸出手。

我以為他想跟外婆握手，外婆應該也是這麼想的。

然而，當外婆保持著坐姿，先對提姆點頭致意、接著伸出手後，提姆恭敬地將外婆的手捧在掌心中。

接著，高個子的他彎下腰，輕輕地吻了一下外婆的手背。

就像童話裡的王子親吻女王一樣，充滿敬意。

這是管家向夫人展現最高的感謝與尊敬。

「希望您返回日本前能有一趟愉快的旅程。期待近期內再見到您。」

提姆很快便移開了嘴唇，輕柔地捧著外婆的手這麼說道。

直到現在，回想起提姆有些害羞的表情，還有外婆雙頰泛紅、掩不住怦然心動的少女般的面容，我還是泫然欲泣。

對外婆來說，在倫敦最後的午餐，是她這一生都不斷和朋友炫耀的快樂回憶，非常珍貴。

就像釣客總會誇飾自己釣到的魚有多大條那樣，每次外婆提到這件事時，壽司的尺寸都會愈講愈大，最後變成「跟草鞋一樣大」的巨大壽司，但我覺得，這樣也好。

我想在這裡，悄悄地向當時的廚師道歉。

您做的壽司並沒有那麼大塊，而且真的很美味。

從前的我，出國旅行不會特地去吃日本料理，但在經過這天之後，我也有了新的感悟。

在外國嘗試的日本料理，要先把「是否正統」這種無聊的問題擺到一邊，吃起來其實非常開心，也很有趣。

22 外婆公主從飯店出發

Princess Grandma goes to London

「您要離開了嗎？我先把行李拿到樓下。」

下午兩點。

終於到了外婆與我即將離開飯店的時間。

提姆帶著一個兩頰紅潤、貌似少年，但實際年齡應該也只有十幾歲的行李員前來，將我們的行李箱託付給他。

接著，提姆對外婆伸出手臂，微笑著說：「請讓我在這趟旅程中最後一次陪伴您。」

外婆也一副駕輕就熟的模樣挽著提姆的手臂。我走在後方，看著他們兩人的背影。

在這趟旅程中，我曾經無數次看著提姆與外婆的背影。高個子的提姆自然地向外婆的方向躬身，並配合外婆的腳步，緩慢而自然地前進。我是否有一天也能學會提姆的這份體貼呢？

前幾天我對提姆這麼說時，提姆平靜地笑著說：「因為這是我的工作啊。」

但是，實際上若不是不斷訓練自己觀察別人，絕對無法立刻察覺客人需要什麼、想要什麼。

不讓別人看見自己百折不撓的努力，這樣的美學真的很棒。不過，同時還必須透過工作，讓別人自然地感受到你的努力，這些都是提姆教我的。

飯店的走廊和大廳總是飄著一股應該是室內香氛的鈴蘭香氣，現在也是我跟它告別的時候了。

然而。

在我們正要搭乘電梯時，外婆卻突然說：

「都到最後一刻了，我想走樓梯看看。」

咦？

我好不容易才讓外婆好好的休息過、恢復了體力，為什麼還要特地做這麼累人的事情？

我腦中一片混亂，跟外婆確認過後，這才發現外婆說的「樓梯」，指的是從飯店的櫃檯通往二樓，鋪著紅地毯，弧度優美的大階梯。

外婆想在下階梯時，請人幫她拍攝照片。

這是她在這間飯店的最後一個心願。

「當然沒問題，你先下去把行李放到計程車上，請司機等一下。」

提姆吩咐行李員先去準備，接著一點也不嫌麻煩地帶著外婆搭乘電梯到二樓，引導外婆來到階梯前。

階梯上鋪著的是長毛地毯，要是跌倒就麻煩了。因此，提姆把外婆帶到階梯中段的平台上，並告訴在下方等待的我，照片要從哪個位置拍才漂亮。

「我一直都想拍這樣的照片。」

外婆就像昭和年代的電影明星或時裝模特兒，優雅地站在平台上，我將她的身影拍攝下來。

接著，在外婆往下踏了一階時，我又拍了一張照片。

或許外婆拍照的姿勢看得出來是外行人，但我記得很清楚，她的儀態莊重而威嚴，完全看不出她剛剛下階梯時腳步虛浮。

這張照片一定也是外婆四處跟朋友炫耀的紀念品之一。

可惜的是，照片現在已經不在了。但至少在我有生之年，外婆當時神采奕奕的模樣，都會在我的腦中持續發光。

我有許多親戚，但是只有我看過外婆在倫敦的模樣。

書寫這本書時，我經常感覺到，現在的我是懷抱著外婆的記憶活著。

完成退房手續後，櫃檯的員工祝福我「旅途愉快」，目送我離開。

巨大的花瓶中插著大量的玫瑰花，今天我依然從它旁邊走過，然後追上提姆和外婆的腳步。

通過大廳的旋轉門，我看到門房一如往常的笑容。

門房親切溫柔地協助外婆坐上計程車，在我用熟練的手勢準備付小費時，他將我的手和一鎊硬幣一起緊緊的握住，笑著對我說：

「壞女孩，希望妳跟夫人回日本的旅途平安愉快。我很期待下次再見到成為壞女士的妳。」

聽到他這句話，我的胸口充斥了許多的情緒，卻一句話也說不出來。他拍拍我的背，說道：「時間已經比預估得晚了很多，快出發吧！」便把我推進計程車裡。

我只來得及對他說「謝謝」和「再見」，但我想，這樣就足夠了。

門房關上車門後，計程車便立刻出發。

門房，還有他身邊對我們揮手道別的提姆，都在轉瞬間變得好遠好小。

直到剛剛為止，這些人都還在我身邊。到倫敦之後，我每天都見到他們，但今後恐怕是再也無法見面了。

我第一次體會在飯店住宿之後，竟然會感到如此的寂寞。

外婆的心情應該跟我一樣吧。

「妳幫我打開窗戶。」

外婆說話的聲音很焦急。接下來，她一直對著提姆和門房揮手，直到計程車轉彎為止。

即使已經看不見他們，外婆還是靠在緊閉的車窗上，直到建築物從視線中消失。

當時她臉上的神情，就像個急切的小孩子。

對外婆來說，這間飯店是她晚年難忘的「旅途歸宿」。對我而言，住在這麼奢華的飯店，也是絕無僅有的經驗。它教導了我什麼是真正的「待客之道」，是一次非常珍貴的體驗。

這麼說來，我沒來得及告訴飯店的員工們，「其實我是夫人的孫女」。

不過，我覺得也許不說白比較好。

如果他們知道我是外婆的孫女，或許就會把我當成單純的旅客，把我照顧得無微不至。

我向後靠在計程車的座椅中，心想：還好事情沒有變成這樣。

我既是住宿的旅客，也和他們一樣是「服務業」，因此才得到了建議與溫柔的斥責，我相信這些在我未來的人生中，一定會成為珍貴的寶物。

我從套裝口袋掏出臨別時提姆遞給我的紙條，將摺成兩半的紙條打開。

紙條上寫著提姆的辦公室電話，還有一段留言：

為了感謝您們招待的壽司午餐，在兩位從倫敦出發到歸國前，我都是妳和夫人的管家。如果遇到麻煩，請打電話給我。

就是這個！

提姆擔心我這個「年輕的祕書」會犯下嚴重的錯誤，他一直到最後都還關心著我，這份溫暖實在令人感動。

提姆看出即將再度和外婆踏上旅途的我，內心擔憂著我是否能好好的把疲憊的外婆帶回日本。

提姆的紙條上寫著「請打電話給我」，但是現在的我明白了，他真正的意思應該是「我會好好看著妳，請妳加油」。

我看著這張紙條，打從心底感謝飯店的員工們。從前的我，不知道真心體貼別人、幫助別人的方法，是他們教會了我應該有的心態和需要注意的地方，還有如何區別哪些事應該自己努力，哪些事應該請求別人協助。

我要將這張紙條當作護身符，一定要把外婆平安無事送回家。

「啊，我們去那裡買過東西對吧？還有那間店也是。總覺得我還有忘了要買的東西，但是我們沒有時間繞路去買了，對不對……？」

外婆明明已精疲力盡了，不知為何仍對購物充滿熱情。我安慰她：「機場也有哈洛德百貨。」同時再次在心中勉勵自己，並將紙條摺好、收進口袋。

23 祕書孫女的旅途終點

「夫人果然還是需要它，不是嗎？」

我彷彿聽到了提姆的聲音，於是在心裡回答：「這個……很難說。」

在提姆的建議下，從倫敦出發的兩天前，我打了電話給航空公司，告訴他們：「如果可以，我想借一台輪椅給外婆用。」

要帶著疲憊的外婆在機場裡順利移動，輪椅是最適合的工具。

原本，我應該高舉雙手歡喜地呼喊「還好有借輪椅」。然而，航空公司非常體貼，竟然幫外婆準備了「電動」輪椅。

這是一台不用我幫忙推，外婆就能自己用操縱桿操作的好東西。

正因如此，我很困擾。

即使疲勞睏倦到了極點，外婆對購物的熱情依然沒有熄滅。

當外婆發現可以自由操作輪椅，立刻開始逛起機場航廈內的商店。

提姆～雖然我們確實需要輪椅，但這台讓外婆如虎添翼的輪椅，可把我害慘了！

我在心裡小小的抱怨著，連忙加快腳步追上正在享受最後一趟購物的外婆，並協助她採買。

不過，外婆並沒有買很多東西。

為了「買一些備用的土產」，外婆選購了點心、紅茶，還有一些化妝品。

我想，外婆大概只是單純地想要享受「在店裡自己挑選商品」的樂趣。

現在我心中漸漸地回想起來了，當時外婆曾經像唸咒語一樣呢喃著：「一定不能留下遺憾。」

從早上開始，外婆說過好幾次：「好累，好想早點回家。」我想，那應該是外婆真正的心聲。然而同時，她心中或許還有一個強烈的願望，就是「只要還有體力和財力，我就不想結束這趟旅行，我想再多看看、品嚐各種東西，繼續購物、享受旅遊」。

外公過世後，外婆一直獨自享受著單身的自由，但當時她的健康已經出現了各種狀況，不僅無法隨心所欲學習才藝，也明顯減少外出。

對於這時的外婆來說，倫敦旅遊讓她能夠盡情地（對我）做出任性的要求，想做什麼、想去哪裡都能交代我去安排，是她能當公主、天真無邪且放肆享受旅遊的絕佳機會。同時，外婆心裡可能也知道，這是她最後一次機會。雖然她絕不會承認這一點。

「妳也挑個什麼吧，我買給妳。」

雖然外婆這麼說，但我一心只想把她平安送回家，同時還要讓她至少保留一點元氣。否則，我實在沒臉面對把這趟旅程安排得無微不至的舅舅們。

因此，我完全沒有買東西的興致，只想交差了事，最後我選的竟然是英國隨處可見的襪子絲巾專賣店「SOCKSHOP」賣的襪子（而且這間店賣的商品都是比較便宜、設計特殊的款式）。

「妳只要這種東西嗎？」

外婆看了我買的三雙襪子，似乎覺得很遺憾。

要是當時讓她幫我買點更好的東西就好了。

最好是美麗又出色的東西，可以讓外婆驕傲地告訴別人：「這是我要回國時，在機場買給她的！」

為了寫這本書，我努力回憶著，發現從一開始到最後，我有好多好多必須反省的事，也有很多想要跟外婆道歉的地方。

不過，回想當年那個容易緊張、目光短淺又死心眼，還有對任何事都全心全意付出努力的我，對現在的我來說，真的十分耀眼，也覺得當時的自己實在很可愛。

總之，外婆結束購物、心滿意足後，我將她帶到航空公司的頭等艙貴賓室。

這裡有休息室，外婆可以在這裡小憩，我也可以擁有短暫的獨處時間。

而且，航空公司的員工還會過來通知乘客，讓我們可以在最合適的時間點動身前往出境大廳。

在外婆躺下休息時，我也在貴賓室享用了飲料與輕食。

我們搭乘的是日本的航空公司，因此雖然這裡是英國，貴賓室內提供的依然是日式自助餐。

我品嚐了已經有好一陣子沒吃到的牛肉咖哩，小小的一人份非常美味，米飯烹煮的程度也很完美。

不過，我還是無法悠閒地享受休息時間。

雖然整個貴賓室只有我和另一組人，但那另外一組人，可是日本超有名的樂團！

這個樂團至今都還在活動，因此我無法寫出他們的名字，只能說他們私底下也是衣著華麗，很愉快地談笑風生。

相對地，外婆去了休息室，我就是一個年輕樸素且孤零零的女人。

雖然自己說有些漏氣，但我看起來就不像是會獨自搭乘頭等艙的人。

我覺得自己待在這裡很可疑，開始有些坐立不安。

由於我非常努力地營造出「拜託請不要在意我，我活在跟你們不同世界」的氣氛，因此對方也無法跟我搭話，只是時不時以詫異的眼神打量著我。

這也讓我更加坐立不安。這段時間真的相當難熬。

如果是現在，我還可以靠著滑手機來殺時間，但當時沒有智慧型手機，貴賓室的燈光又太有情調，不適合閱讀我隨身攜帶的書。

我就這樣過了將近一小時。

當航空公司的員工前來提醒我：「雖然還有很多時間，還是建議您可以慢慢開始準備動身了。」我才終於放下心來。

外婆似乎想再多睡一會兒，她從休息室出來，還是一副睡眼惺忪的樣子。

不過，外婆還是說了一句聰明話：「比起登機之後才上廁所，我在這裡先上一下比較好。」接著便起身走向貴賓室的廁所。

當然，我也隨侍在側。

外婆上完廁所後、洗了手，然後對著鏡子撲上蜜粉，重新塗抹口紅。

「妳真的很一絲不苟耶。」

我實在很佩服外婆，忍不住脫口而出。

「一絲不苟？」

「這趟旅行，妳每天早上都有好好的化妝、梳髮型，而且妳還會像剛剛一樣，每次上完廁所都會補妝，對吧？我覺得好厲害喔，我絕對做不到。」

外婆聽了我的話，表情嚴肅地抽了一張面紙，把它夾在上下脣之間，抿掉多餘的口紅，接著她盯著鏡子裡的我，說了一句簡潔俐落的話。

「如果妳覺得沒必要，就不用這麼做。」

「真的嗎？妳之前都會叫我要有自信、要打扮、要化妝啊！」

外婆這句讓人出乎意料的話，讓我忍不住翻白眼抗議。

外婆明明說了超棒的金玉良言，現在卻都忘光光了嗎？我實在很失望。

然而，外婆卻一臉認真地繼續說道：

「我之所以化妝，是因為我想要一直保持美麗。與其讓人認為我是個邋遢的老太婆，若能讓人覺得我是個美麗的老奶奶，不是比較舒服嗎？」

那是當然的了。

「我想讓別人永遠都看到最棒的我，所以才會像這樣補妝。因為我不知道會在什麼時候、在哪裡遇到誰啊。我可不希望用日後回想起來會後悔的邋遢模樣，迎接『命運的邂逅』。」

我再次感覺到一把看不見的刀刃刺進我的身體。我看著鏡子裡外婆白皙透亮的肌膚和大紅色的口紅。

「妳很聰明，英文也說得很流利。妳會成為醫生，也能跟男人平等相處。妳擁有這麼多，已經足夠讓妳擁有自信。如果妳不想化妝也不想打扮，就不用去做也沒關係。」

「咦咦咦……！？」

「雖然妳絕對不是個美女，但也沒醜到讓人看不下去。而且男人也沒在化妝，根本沒有什麼『素顏很難看』這回事。」

外婆說到這裡停頓了一下，接著說：「可是，」她轉過頭直看著我：

「我之前就說過了，妳缺少的是自信。根據我的觀察，妳不只沒自信，還低估了自己的價值。」

我沒想到外婆會從這個方向發動攻擊，整個人都愣住了。外婆則是很冷靜地繼續說：

「謙虛跟自卑可不一樣。妳不要因為沒自信，就把自己說得不值一提，讓對方看不起妳，藉此偷懶。這叫自卑。自卑會讓人看不下去。」

我在才藝教室和職場上，確實就是在不知不覺間，學會了這種有些狡猾的行動方式。

只要假裝我不會、我不懂，對方就會安心地看扁我。如此一來，只要我做得稍微好一點，就會得到很誇張的讚美。

既然我跟對方都很開心，那又有什麼不好呢？

雖然我沒有很清楚地發現這一點，但我確實就是這樣待人處事的。

外婆用言語點出了這一點，她的指摘非常犀利。

等等，外婆！

我的生命值不只是降到零，根本已經變成負數了。

在這趟旅行中，年輕的我有些傲慢地認為「是我在照顧外婆」，而外婆卻是非常冷靜地一直在觀察我。

我彷彿被人狠狠的毆打了後腦杓一樣，大受打擊，差點就要哭出來了。

或許外婆覺得現在就是最後的機會，因此沒有手下留情。

「不要偷懶，要好好的努力。在面對別人時，一定要表現出當時最棒的自己。不論是打扮還是化妝，如果妳覺得需要就要去做。抬頭挺胸，堂堂正正，但也要好好的尊敬別人。這才是真正的謙虛。」

外婆這麼說完，把口紅遞給我。

「妳擦擦看，擦了就會抬頭挺胸了。」

不，這麼紅的口紅，不適合我啦。

然而，當時的外婆魄力十足，讓我硬生生吞回了這句拒絕的話。

我從外婆的手中接下口紅，對著鏡子擦在自己的嘴脣上。

這條口紅的容器是黑色的，就連我都知道，它是大名鼎鼎的香奈兒。

我塗上脣，聞到了強烈的香味，連吸進來的空氣都帶有一股香皂味。

然而，鏡子裡的我……

完全長得跟小鬼Q太郎一模一樣。

啊哈哈哈，我還是不行啦。

我邊哭邊笑，雖然嘴上說著「沒辦法」，心裡感覺自己似乎變強了一點點。外婆把我還給她的唇膏收回手提包裡，一臉若無其事地斷定：「總有一天，妳會適合這條唇膏的。」

遺憾的是，外婆的預言至今還沒有實現。

我似乎還是沒有變成適合那種大紅色唇膏的長相。

不過，從此之後，我便開始在意公眾場合亮相時穿搭的服裝，也會稍微地化一點妝。

這並不是被迫的，而是為了讓我在與人見面時能夠自在一點，因此我也很享受打扮與化妝。

如果沒有外婆當時的那句話，我應該會因為「這是禮貌」或「素顏很丟臉」等等無聊的理由，購買一些自己根本不想要、隨處可見的外出服裝，不情不願地買齊化妝所需要的工具。

老實說，在寫這幾本書之前，我根本忘了外婆曾給過我這麼重要、這麼棒的建議。

不過，當時外婆的那段話，比任何一段冗長的說教都更有效地矯正了我沒骨氣的毛病。

從此之後，雖然進度緩慢，但是我自己也漸漸的認同了「外婆認同的我」。無論再怎麼努力，我都無法變成像外婆那樣的公主。但是，我也想像外婆那樣，充滿自信地活著。

這趟既短暫又漫長的旅程記錄，就到這裡為止了。

回程的飛機上，外婆只有偶爾醒來喝點飲料、吃點東西，其他的時間都在睡覺。

我記得自己完全沒睡著，一直到將外婆交給來接機的舅舅們、跟爸媽一起回到家之後，才像電量耗盡的電池一樣倒頭就睡。

外婆的晚年跟許多的失智症患者一樣，充滿了憤怒、混亂與悲傷。我的母親、其他親人和照護設施的員工們，一定都非常的辛苦。而對自尊心極高的外婆來說，逐漸地失去自我，那又會是多麼痛苦的一件事。

我之所以很少去拜訪晚年的外婆，或許是我只想記得一起旅行的外婆吧。我甚至覺得，或許外婆也不希望我見到她衰老的模樣。

老實說，現在我內心正在反省自己為何疏遠晚年的外婆，同時卻又覺得這樣才是最好的，兩種不同的情緒不斷地在我心中翻攪著。

在倫敦像個真正的公主一樣度過那段時光的外婆，在這個世界上只有我知道。至今她的身影仍在我心中閃閃發光，明亮又耀眼。

我很慶幸自己能夠跟外婆一起旅行。

外婆讓我陪伴她旅行，是我的榮幸。

原本這些渺小的記憶，都會在未來的某一天跟我一起消逝。如今能把它寫出來和各位讀者分享，對我來說真的很不可思議，也是充滿喜悅的經驗。

感謝各位閱讀這本書。我將把這些回憶再次收進箱子，靜靜地闔上蓋子。

再見了，外婆。

國家圖書館出版品預行編目（CIP）資料 ／帶外婆公主去倫敦！／椹野道流作；劉淳譯 . -- 初版 .
-- 臺北市：大塊文化出版股份有限公司，2024.07，288 面；12.8×18 公分 . -- （Catch；306）
譯自：祖母姫、ロンドンへ行く！ ISBN 978-626-7483-19-0（平裝） 861.57　113007077

LOCUS

L O C U S

LOCUS

LOCUS